剣《けん》と拳《けん》の闘婚儀《エンゲージ》
黙って俺のヨメになれ!
著 葉原鉄
イラスト＝泉水いこ

岬白葉
みさき・しらは

CHARACTERS

剣と拳の闘婚儀キャラクター紹介

熱いしぶきが降り注ぐ心地よさに、
思わずため息が漏れる。

剣と拳の闘婚儀
黙って俺のヨメになれ！

葉原鉄

一迅社文庫

挿画：泉水いこ
デザイン：木緒なち（KOMEWORKS）
高橋忠彦（KOMEWORKS）

岬白葉《みさきしらは》が愛刀を振るう姿は猿神学園《さるかみがくえん》の華だ。

実直《じっちょく》にして麗《うるわ》しく、速きこと疾風のごとし。

衆目《しゅうもく》を魅了《みりょう》しながら、その剣は刹那《せつな》のうちに嵐太《あらた》の腕を捉《とら》えた。

「ぐぅッ……！」

たちまち左右の腕に爆《は》ぜんばかりの灼熱が生じる。

一刀のもとに——切り落とされた。

両腕が、岬白葉の振るう妖刀〈淡雪《あわゆき》〉によって。

「処罰完了——」

麗しき相貌《そうぼう》はどこまでも実直な表情を浮かべている。自分の行為に一切の疑問を抱かない、傲慢《ごうまん》なまでに厳粛《げんしゅく》な態度だ。

（なんだよ、これ……なんでこんなことに）

嵐太は脂汗《あぶらあせ》にまみれて膝をついた。一体全体、なぜ、このような激痛にさいなまれることになったのか、走馬灯《そうまとう》のように二日間の出来事を想起《そうき》しながら。

壱　女顔の苦悩

目の前で傷ひとつない〈女顔〉がほほ笑む。

輪郭が柔らかで、目がぱっちり大きく、笑顔はスミレのように可憐《かれん》だ。

鏡に映る自分は、いつだってため息が出るほど少女めいた顔をしている。

「よしよし、いつもの俺だな、うん死ね」

あまりにも男性ホルモンが足りない容貌《ようぼう》に殺意を吐きつける。

憎々しげに顔を歪《ゆが》めるが、迫力はまったくない。擬音を付け加えるなら、プンプンといった具合の怒り顔だ。

「もっと野獣のような顔をするんだ――呼び覚ませ、野性。乾ききったコンクリートのジャングルを駆けぬける獅子、その名は宇上嵐太《うがみあらた》」

先日の入学式では髪を押っ立ててライオンを気取ってみたが、まわりの失笑を浴びて惨敗。

どれだけ凄《すご》んでも、顔立ちのせいでライオンどころか子猫ちゃんなのだ。

残されたものは屈辱と、肩にかかるほど長い癖毛《くせげ》ばかり。

「今月はもう散髪代も出せん……闘マガＤＶＤのためにも、財布は温存だ」

諦めて後ろ髪をゴムでくくった。生まれつき色素が薄く枯葉色をしているところも、また妙に愛らしいのでため息がこぼれる。

　黒の詰め襟《えり》の前をすべて閉じ、洗面所を出た。

　玄関でスクールバッグを拾い、底の厚いバスケットシューズを履く。

「気合いだ……気合いと靴底で身長を補《おぎな》うんだ」

　身長とて男子の平均に届かず、筋肉も乏しい華奢《きやしや》な体躯《たいく》。気迫で補わずして、なぜ現代日本の高校生男児が外を歩けようか。

「いってきます！」

　声で勢いをつけ、ボロアパートを後にする。

　通学路を大股で歩いていると、空き地で闘戯《とうぎ》に耽《ふけ》る他校生を見かけた。

　筋骨隆々《きんこつりゆうりゆう》の男同士が拳を交わすたび、肉のぶつかる湿った音が散発する。防御も無視してひたすら殴りあう、気持ちのいい打撃戦だ。

「おっしゃ、そこだやれ！」

「ボディ甘いって、ボディボディ！」

　観客はサラリーマン風の中年が二人。朝っぱらから無名の学生闘士が闘戯をしても、これぐらいの集客が限度だろう。それでも眠気が吹っ飛ぶほど加熱している。

（見ていきたいけど、今日は新入生勧誘があるからなぁ）

　好奇心を押し殺して通りすぎようとする。

ちょうどそのとき、カウンター気味のストレートが入った。

打たれた方がのけ反《ぞ》り、仰向《あおむ》けに倒れる。

「勝者、山城《やましろ》！」

白仮面に黒マントのジャッジプラクターが決着を告げると、山城なる学生闘士は高らかに雄叫びをあげた。

「おぉっしゃあああぁ！」

聞いているだけで心が揺さぶられる。

これだ。これこそが今時の高校生のあるべき姿だ。

敗者もジャッジプラクターに気付けをされると、潔《いさぎよ》く勝者と握手を交わす。

「朝からいいもん見せてもらった……これで俺も一日、戦える」

嗚呼《ああ》、なんと素晴らしき青春か。これだから闘戯《とうぎ》はたまらないのだ。

自然と足取りも軽くなった。


——闘戯。

いわゆる野仕合《のじあい》を発展させた異種格闘戦である。

時と場所は選ばない。必要なものは鍛《きた》えあげた肉体と闘戯免許、そして高度な応急治療技術を有した審判〈ジャッジプラクター〉。

「どれほど治療技術が発達しようと、危険なものは危険ではないか？」

そのような批判もなんのその。戦後まもなく発祥して以来、闘戯は流行を越えて日本固有の文化として定着していた。

老いも若きも、男も女も――志《こころざ》しあらば闘戯に熱狂する。

宇上嵐太《うがみあらた》もまた、闘戯に打ちこむごく普通の少年――

の、はずであった。


すぐ先の辻《つじ》を曲がれば高等部の校舎が見えるというとき、

「ぐッ……！」

嵐太は突然痛み出した胸を押さえ、膝をついた。

心臓が脳に響くほどの爆音を鳴らす。口の中に不快な味の唾液があふれだし、吐き気がこみあげる。風がびゅうっと吹きつけてくると、肌がヤスリでこすられているような痛みが走った。

「つい走っちまったのが敗因かぁ……！」

病弱な我が身が呪わしい。電柱に手をついて、どうにか立ちあがる。

視界がぐにゃりと歪《ゆが》む。平衡《へいこう》感覚が揺らいで仕方ないが、身に染みついた感覚を頼りに体調管理の体勢に移る。

「ふしゅうぅうう……」

足を肩幅よりほんのり大きめに開き、かかとを米粒ひとつ分だけ浮かせる。

木の幹に抱きつくように腕を広げ、両手は目の高さ。

そのまましばし、静かに呼吸をして立ちつづける。

「なんだあれ」

「中国拳法のタントウってやつじゃないの？」

道を行きかう生徒の声が聞こえる。

「なんで通学路でタントウを」

「趣味だろ、ソフトな露出狂的な」

うるせえほっとけと言いたいが、肺を動かすにも苦痛が走るだろう。

――焦らず、落ちついて……体内の〈流れ〉に意識を乗せる。

師の言葉を思い出して、周囲の雑音から気を逸《そ》らす。

じきに心地よい熱が全身に広がり、鼓動を抑え、不快感を溶かしていく。

「よしよしよし……この調子で」

次いで体勢はそのまま、前後に身を揺らしていく。重たい鉄の塊を押し、抜群に粘着質な餅を引っ張るようなイメージで、ゆっくり、ゆっくりと、力の流れを整えていく。連鎖的に血の流れ、神経の流れも落着していった。

やがて熱のみが体に残り、痛みと不快感は跡形もなくなる。

「おし、宇上嵐太《うがみあらた》再起動」

歩みだすと同時に、校舎からチャイムが鳴り響いた。ホームルームの予鈴だ。

辻《つじ》を曲がると、校門が風紀委員に閉ざされていくところだった。

「完全に遅刻じゃねぇか……」

全力疾走すれば間に合いそうだが、整えた体調がまた乱れてはかなわない。

なので、堂々と歩いて校門へ向かう。

「そこ、早く走れ！」

生活指導教師が竹刀《しない》で校門を叩いて喚《わめ》いている。

それでも嵐太は悠然と歩いていく。「遅刻ぐらいで慌てふためく軟弱者じゃないぜ？」という得意げな表情で。間違っても病弱さを盾に取ることだけはしたくない。

非常な現実を告げるがごとく、目の前で音を立てて校門が閉ざされた。

「よし、一年坊。クラスと名前は？」

生活指導が極道じみた顔で凄《すご》むのを、すいと横から手で制する女子がいた。

「ここは私が受け持ちます。先生はあちらの生徒を」

「あ？　おういコラ、ハゼぇ！　なに平然と校門よじ登ってんだコラァ！」

だみ声とともに生活指導が別の生徒を追いかけ、場には嵐太と彼女だけが残った。

一直線に見据《みす》えられ、嵐太は思わず息を飲む。

「宇上嵐太《うがみあらた》、遅刻だ」

「ええと、ミサキさんだっけ？」

「ああ、風紀委員の岬白葉《みさきしらは》だ、宇上嵐太」

つい二日前にクラスメイトになったばかりの少女は、氷像のような無表情である。長い黒髪は瑞々《みずみず》しく艶《つや》を帯びているのに、その目は冬の湖水もさながらにひんやりしている。融通の利かなさの塊といった雰囲気だ。

（せっかく美人なのに……）

教室で横顔を見ている分には眼福だが、正面から睨《にら》まれると、正直気圧《けお》される。

彼女は右上腕に「風紀」と書かれた腕章をつけ、左腕のおなじ箇所には革のベルトを巻いている。そこから鎖と金具で繋がれるのは、左手に握りしめた日本刀。

武器が威圧感を強め、それが余計に嵐太の負けん気を刺激した。

「俺も男だ……罰点の百や二百は甘んじて受けよう。ああ、つけてみやがれ！」

腕組みで言い放った。

白葉は動じることなく帳簿にクラスと名前と罰点を記していく。

「遅刻三回でレポート提出だ。以降、気をつけること」

校門がわずかに開かれ、嵐太はすこしばかり拍子抜けした。

「説教は？　遅刻したら校門前で十分は叱られるって聞いたんだけど」

「君の体が悪いということは聞いている。そこでタントウらしき構えをしているとも聞いたが、通学中に体調を崩したのであれば、情状酌量《じょうじょうしゃくりょう》の余地ありと判断する」

どうやら見た目の印象ほど融通が利かないわけでもないらしい。

だが、嵐太にとってそれは、なんとも受け入れがたい話であった。

「情状酌量？　お情けくれる暇があるなら説教しろよ風紀委員」

女顔をしかめ、その場にどっしりとあぐらをかく。

「君は……なにを言っているんだ？」

白葉は眉をひそめた。

「体が悪くても、余裕をもって家を出りゃ済む話だ。バス通学って手もある。情状酌量なんてのは、死にかけの婆さんを病院に連れてって遅れたとか、そういう事態に適用すべき話だろ。俺のは単に、自分の弱さにあぐらかいて遅刻しただけのことだ」

「ふむ、一理ある」

「わかったなら、普通の生徒にするように説教しろ。贔屓《ひいき》してんじゃねぇ」

「ならそこに正座してもらおう」

おう、と嵐太は威勢よくその場に正座をする。

校門を挟んで白葉もまた正座した。黒ストッキングが汚れようとお構いなしだ。

そしてはじまる説教タイムを、生活指導に羽交《はが》い締《じ》めされた遅刻者がニヤニヤと眺めている。

「おもしれぇな、アイツら。先生もそこに正座してみないか？」

「おまえはその隙に逃げるだろうが、ハゼ！　おらァガキがコラァ！」

嵐太《あらた》はたっぷり十分、足が痺れるまで説教を受けることになった。

＊

岬白葉《みさきしらは》はクラスでも際だった存在である。

なによりも華がある。目鼻立ちが整っているのはもちろん、黒板を見つめる眼差《まなざ》しは真摯《しんし》の一言。生真面目で愛嬌《あいきょう》のない表情は、高嶺の花を思わせる。付け加えるなら、姿勢のよさも一級品。

「――で、敗戦後だが、ＧＨＱはあらゆる武道を国粋的かつ軍国的あるとして弾圧。日本各地の武道家は職を奪われ、路頭に迷った……さて、岬君」

「はい」

立ちあがれば、手にした日本刀も顔負けのスマートな佇まいとなる。

唯一、例外的に、たっぷり脂肪をそなえて膨らんだ胸部が――立ちあがった拍子にすこし揺れるのだ。男子の視線が集中するのを、本人はまったく気にしていない。

「こういった武道家弾圧をなんと言う？」

いました」

「もとは葡萄狩り《グレープパージ》。武道を果物呼ばわりして貶めようというＧＨＱのイメージ戦略と言われています」

「その由来は？」

「武道狩り《グレープパージ》です」

「そういった抑圧の反動から、ＧＨＱ撤退後に武道ブームが爆発したわけだね。失業した武道家が意趣返し《いしゆがえ》として次々に葡萄《ぶどう》農家をはじめ、ワイン特需から尼子《あまご》武道基金に繋がり、闘戯《とうぎ》の礎《いしずえ》となるわけだが――あ、岬君《みさき》すわっていいよ」

教師は着席をうながしたが、白葉《しらは》は静かにかぶりを振る。

「しばし失礼を」

彼女は鎖つきの鞘を斜め後ろに突きつけた。机の下で携帯をいじりまわしていた男子は、ぎょろりと白葉を睨《にら》みつける。

蟇田小次郎《ひきたこじろう》。いわゆる不良と呼ばれる人種である。

「授業中の携帯電話の使用は固く禁じられている」

「メール打ってるだけでだれかに迷惑かかるか？」

「再度警告する。今すぐ携帯電話をしまい、授業に専念せよ」

「へっ、小うるせー風紀委員サマだ」

蟇田は携帯電話を学ランの腰ポケットに突っこみ、かわりに名刺大のカードを取り出した。

それで淡雪《あわゆき》の鞘を叩こうとするが、するりと避けられる。

「つれねーなぁ。遊んでやろうって言ってんのによ」

ことさら高く掲げるカードは、顔写真が貼りつけられた学生限定闘戯免許。

「廊下に出な、負けたらマジメに授業受けてやらぁ」

「いいだろう。先生、しばし失礼いたします」

白葉と蓁田が廊下に出ると、教師はどうにもならない流れに苦笑いをした。

闘戯は授業中であろうと最優先で行われるべし。猿神学園《さるかみがくえん》の校則に記された項目だ。たとえそれが男女のマッチングだろうと、双方の合意があれば問題なし。

堅苦しい授業が最高のショーに一転し、教室はにわかに騒然となった。

「っしゃ、岬さんの闘戯が見られる」

「蓁田のやつ、高等部からの入学だろ？　岬さんの強さ知らねぇんじゃねぇの？」

「あいつ、中学ではけっこう有名だったらしいぜ」

脳天気に観戦モードに入る生徒もいれば、ため息で立ちあがる者もいる。保健委員に所属するジャッジプラクターである。審判と応急治療を受け持つために、規定された白塗りのマスクと黒マントを身につけ、白葉たちを追って廊下に出る。

「はい、免許チェックね。学生限定と闘士認定、と。ルールは？」

「リングは廊下内、教室前の約七メートル範囲でどうか」

「いいぜ、制限時間は三分ってとこか。負けたら携帯をセンコーに渡して、猿ぐつわでも噛んでマジメに授業を受ける。勝てば……脱ぎたてのパンツでももらうか」

蟇田《ひきた》の卑猥《ひわい》な要求に、白葉《しらは》は余裕たっぷりにうなずく。

「よかろう。付け加えるなら——」

そこで彼女は左手にかたく握った愛刀を突き出した。黒い鞘に施された白雪の模様を右手で撫でるばかりで、抜く気配は当然見せない。彼女の提案はその逆だ。

「ノックアウトとギブアップに加え、この〈淡雪《あわゆき》〉に触れることができたなら、そちらの勝ちとなる。この条件では不服か？」

「ハッ、噂どおりのなめくさった態度だなぁ、このアマ」

ルールが決まると、ジャッジプラクターが錫杖《しやくじよう》型のスタンロッドを掲げる。天井すれすれの先端から青い光が投射され、床と壁に四角いリングを描き出した。

「制限時間三分——闘戯《とうぎ》開始！」

蟇田のファイティングポーズはなんとも怪異な姿勢であった。

足裏を床にべったりとつけて腰を落とす——尻が床につく寸前まで落とす。

いわゆるヤンキー座り、あるいはウンコ座りと呼ばれるこの体勢は、一般的に格闘戦で用いる構えからはほど遠い。

両のかかとを床につけているがゆえの機動性欠如《けつじょ》。

腰を落としきっているためにスウェーなどの回避テクニックも不可能。

極めつけは、膝を開いているせいで、がら空きとなった金的。

もはや自殺行為さながらの無防備さで、しかし蟇田は不敵に笑う。

「幼稚園からグレ始めてヤンキー生活十二年――これが俺の突っ張りザマよ！」

次の瞬間、ヤンキー座りが跳ねた。

まるでカエルのごとき奇怪な跳躍で、白葉の頭部へと飛びかかる。

「ケラァアアア！」

ただの無造作な跳躍ではない。不自然な体勢でありながら、その速度たるや一流スプリンターのスタートダッシュに勝るとも劣らない。

不良《ヤンキー》という人種にとって、ヤンキー座りは常態である。その気になればコンビニ前でカップ麺をすりながら、何時間でも何日でもヤンキー座りを続ける。それは中国武術で言うところのタントウやリッゼンなど、内功を高める鍛錬法《たんれんほう》に等しい。すくなくとも、蟇田小次郎《こじろう》という才気あふれる個人においては。

ゆえに、その跳躍撃からのコンビネーションは必殺となりうる――！

かに、思われた。

しかし不運にも、このときの相手は岬白葉《みさき》。

彼女は左手の愛刀〈淡雪《あわゆき》〉をかばうような半身《はんみ》から、

「シィッ――!」

惑うことなく大きな歩幅で踏みこむ。蟇田《ひきた》の軌道から精密無比《せいみつむひ》に軸をずらしながら。

スカートがひらめいても、目の細かい黒パンスト着用なので問題なし。

その動きに無駄と抜かりは一切なく、すれ違いざま右肘で顔面を撃ち抜いた。

「げるおッ!」

完全なカウンターで蟇田の鼻面が窪む。

彼は顔を支点に空中で反転し、背中から床に墜落した。

「さらなる研鑽《けんさん》をつまれたし」

トドメの追い打ちは、情け容赦なしに、かかと。

みぞおちに体重の乗った踏みつけを食らい、蟇田は泡を噴いて失神した。

「勝負あり!」

ジャッジプラクターは決着を告げると、蟇田の状態を確認して気付けをした。

「げぐっ、ぶごぉ……し、しかたねぇ、約束は約束だ」

「うむ、潔《いさぎよ》い。授業はマジメに受けるものだ」

こうして蟇田小次郎《こじろう》は猿ぐつわを噛んで黒板に向かうことになった。

そんな闘戯《とうぎ》の様子を、嵐太《あらた》もまたクラスメイトと一緒に観戦していた。

昂揚感《こうようかん》と羨望《せんぼう》と、嫉妬《しっと》じみた感情が湧きあがる。

――やはり、強い。

これまで何度となく目にしてきた風景だ。蟇田にかぎらず、生真面目な白葉《しらは》と衝突し、闘戯で打ち負かされた者は、入学式から三日で五人に登る。

そのすべてに彼女は勝利し、校則と倫理を厳守させてきた。

しかもすべて、ハンデとしか言いようのないルール込みで。

（ハンデつきでも闘戯ができるなら、そりゃあ羨《うらや》ましいかぎりだ）

日常的な闘戯の風景は、いつだって興奮をそそる。体が熱くなって、走りだしたくもなる。

だがそれは、歯がゆくてたまらないからだ。

嵐太はいまだかつて、本物の闘戯をしたことがない。

＊

宇上《うがみ》嵐太は初等部から猿神学園《さるかみがくえん》に通う純正の猿神生である。

最初の進学時には名ばかりの試験を受け、ほぼ素通りで中等部にあがった。一般的に、日本男児が中学生になって最初にすることは、なにを置いても闘戯免許の限定解除に他ならない。

児童限定ではプロテクター装備の「闘戯《とうぎ》もどき」しか許されないからだ。

当時、嵐太《あらた》がこよなく愛していた格闘ロボットアニメでは、

『男なら闘《や》ってやれ！』

『拳で語る漢道《おとこみち》――キミに捧げる血と汗とオイル』

『児童用防具を捨てて剥きだせ元気っ子！』

『今なら学生限定免許取得時に武闘機神バリッターグローブをプレゼント！』

などのセリフやキャッチコピーが飛びかい、健全な少年の闘戯意欲を高めていた。

闘戯免許には四つの種別がある。

下位から順に、小学生児童のための児童限定、中高生のための学生限定、プロとしてファイトマネーを約束される闘士認定、殿堂入りの達人認定。

学生限定が児童限定と違う点は、まず防具の着用が義務づけられていないこと。次いで、年間勝利数に従って授与される奨励金《しょうれいきん》。同級生になったばかりの新たな友人とも、決まってその話題で盛りあがった。

「今年中にできるだけ白星を稼いで来年は左うちわだ……！」

「な、なあ、エロDVD買おうぜ、エロDVD」

「じゃあ瀬田《せた》に買わせよう、あいつ老け顔だから」

若者らしい下世話な欲求は、免許取得前の身体検査であっさり打ち砕かれた。

七福神じみた肥満体の医師は、聴診器を嵐太の体に押し当てると、

「あーキミ、ダメだわこりゃ」

頬肉をプルプルと震わせて苦笑した。

「キミ、本格的に闘戯やっちゃまずいよ。児童用防具があればいいけど、じかに殴られでもしたら、いろいろとこう、まずいことになっちゃうから。私はこういう症状は専門外だから、得意な人を紹介してあげよう」

嵐太は紹介状を持たされ、猿神学園《さるかみがくえん》高等部を訪ねた。特別講師として勤務している手技療法の達人は、嵐太の体に直接耳を当ててすぐに病状を把握《はあく》した。

「一年、いや二年は様子見。成長期だから予断を許さない。一歩間違えたら――」

「間違えたら？」

「爆発する」

とんでもないことを言われた二年後――

中学三年時、宇上《うがみ》嵐太は爆発したのである。

＊

チャイムが昼休みを告げる。

嵐太《あらた》は一も二もなく立ちあがり、部室へ歩きだそうとした。

その眼前に鞘が突きつけられる。

「まだだ、宇上《うがみ》嵐太。まだ礼が終わっていない」

「はいはい了解です風紀委員サマ。先生お疲れさまっした」

日直の号令も待たずに頭を下げ、勢いよく飛びだそうとする。

ずい、と鞘がまたも眼前に出現した。

「ハイは一度だ、宇上嵐太」

「ハイ、失礼いたしました、と」

「それと廊下は走らない。君の場合は体のこともあるからなおさらだ」

「押忍《おす》押忍、走らない走らない走りませーん」

不満そうに眉をひそめる白葉《しらは》を置いて廊下に飛び出し、早歩きで校舎を進む。

「今時の女の子が、なんであんなに杓子定規《しやくしじようぎ》になれるかな」

容姿《ようし》端麗《たんれい》かつ文武両道の岬《みさき》白葉は男女ともにファンが多い。その一方で友達付き合いが見えてこないのは、堅苦しくて近寄りがたいからだろう。

昇降口で靴を履き替え、薄暗い校舎裏へ向かう。

部室を持たない流浪の武術ヨーガ同好会が、校舎の影で苦行に勤しんでいる。

「お、宇上君じゃないか。たまには一緒にヨガってみないかい」

「遠慮しとく。ヘタに鍛《きた》えたら俺、爆発する体質なんだ」

「爆発だって？　人体は火薬でできてるわけじゃないんだよ？」

ハハハと笑う会長の横で、会員が口から火を吹いている。

嵐太はことさらツッコミも入れず、曖昧《あいまい》に手を振って通りすぎた。

校舎裏のさらに隅、高等部の敷地と裏山を仕切る金網前にプレハブ小屋がある。割れたガラス窓をガムテープで応急処置しているあばら屋だ。

「……あばら屋どころじゃないか」

壁にペンキで描かれたファンシーな絵は、毒々しいほどカラフルなキノコ群。キノコを手にしたヒゲ親父が、ジャンプしてブロックを粉砕している。顔の描き方は浮世絵《うきよえ》風かつサイケデリックなショッキングピンクと、実に気分の悪くなるセンスだ。

初見で九割の人間が逃げだすと言われる、体操術研究会の部室である。

「ちわーっす、闘戯《とうぎ》したら爆発するマンでーす」

薄っぺらいドアを開けると、たたた、と部屋の奥から小さな足音がする。

ぎゅむ、と抱きつかれた。

背伸びをしてようやく嵐太の胸に耳が当たる、幼いほどに小さな女の子だ。

「……気の流れに乱れなし」

かすれがちのか細い声だが、不思議と耳の奥まで響いてくる。

室内にひと気はない。部屋の奥の水槽内でキノコ栽培用の瓶が、妙な存在感をアピールしているぐらいだ。彼女のささやきを遮《さえぎ》るものは、なにもない。

「会陰《えいん》から頭頂へ、頭頂から会陰へ……まわり巡ること円環のごとく、障《さわ》りなきこと清流のごとく、あたかもそれは――」

「要するに健康体ってことだろ？」

見下ろせば、癖っ毛気味の嵐太《あらた》から見ても乱れほうだいの白髪があった。マシュマロのような柔らかみを帯びていて、蓬髪《ほうはつ》と呼ぶにはあまりに愛らしい。

見あげてくるのは、髪で右半分が覆い隠されたあどけない顔。

無表情にじぃっと見つめてきたかと思えば、

「では、食前の体操……開始」

しかつめらしく命じてくる。嵐太がそれを小生意気だと切り捨てることはない。

「はいよ、先生。宇上《うがみ》嵐太、日課の体操をします」

初等部の生徒でも近所の子どもでもない。彼女、中村環生斎《なかむらかんじようさい》は猿神学園《さるかみがくえん》の特別講師であり、体操術研究会の顧問《こもん》、つまりれっきとした成人女性である。

たまにいるのだ。厳しい修行の果て、仙人じみた境地で珍妙な外見になってしまう人種が。

嵐太を見守る表情に、そこはかとなく年季が感じられる、かもしれない。

「ひゅうぅうぅうぅう……しゅうぅうぅうぅうぅうぅう……」

嵐太は気息を整え、登校中に道ばたでしたのとおなじ体勢に入った。

腕を体で押し出して、体ごとゆっくりと引っ張る。鉄球をつかんでいるような手つきと心地で、鉄の重みをイメージしながら。

――重たい。

見えない鉄球が腕に、体に、たしかな負荷をかける。

「その調子で……重みを意識しながら、次は、足を使ってぐるぅりと――」

前後左右への足踏みと方向転換を交えつつ、腕を上下に振って縦長の楕円を描く。餅をつかんで伸ばすような、粘り気のある重みが感じられた。

腕の突っ張る重みは、けっして幻覚ではない。

れっきとした筋肉の働きによるものだ。

「筋肉の束は――複雑に絡みあい、たがいに干渉しあう……」

小さな顧問教師がささやく。

「腕を伸ばすだけでも、連動する筋肉は――たくさん」

ごほん、と咳きこむ。彼女は出会ったときから喉が弱い。

だからかわりに、嵐太が教えこまれたことを復唱する。

「筋肉と筋肉を反発させて負荷を作り、擬似的に重みを感じるべし、だろ」

「よろし……つづけんさい」

筋肉の動きをつぶさに操り、腹式呼吸で内臓を火薬庫とし、最終的には体内のあらゆる〈流れ〉を掌握《しょうあく》、健全な肉体を獲得する——それこそが体操術研究会であり、彼女の編み出した環生流体操術だという。

「なあ、先生」

「なんだい……あーたさん」

「俺、そろそろ闘戯《とうぎ》できないかな」

嵐太《あらた》は体質改善のため、中学時代をこの体操術に費やしてきた。級友が闘戯に耽《ふけ》っているあいだも、ただ観戦して羨望《せんぼう》まじりの興奮に駆られるばかりだった。

そんな歯がゆい気持ちに対する回答は、実に曖昧《あいまい》だった。

「——機が熟せば、いつでも」

いつ聞いてもこうだ。嵐太は歯噛《はが》みをして体操を完了させた。

「お疲れさま……お昼ご飯を、食べんさい」

「はい、どーも」

長机に用意されていた唐草《からくさ》模様の包みをほどくと、いまどき珍しい飾りなしのアルミ製弁当箱が現れた。蓋《ふた》を開けば白米のうえに海苔《のり》、横にポテトサラダ、そしてアルミホイルが敷き詰められていた。

アルミホイルを箸で破けば、香ばしい湯気に空腹が刺激される。

「マイタケと白身魚《しろみざかな》のしょう油バター……もしかして、出来たて？」

「家庭科室を使わせてもらってね……香ばしかろ？」

背の低い彼女のことだから、家庭科室の設備を使うにも踏み台が必要だろう。

彼女に弁当を作ってもらうようになって、かれこれ一年だろうか。両親と離れて暮らす嵐太にとって、彼女の存在は生命線と言っていい。

「そう言えば、フクは？」

嵐太は弁当を貪《むさぼ》り食いつつ、問いかけた。

「先に新入生の勧誘に行っとるんよ……食べたらあーたさんも行きんさい」

「当たり前だ、会長殿に任せてロクなことになるはずがない」

ため息をつく嵐太を、小さな顧問《こもん》教師は静かに見つめていた。かすかに細めた目は、我が子を見守る母親のように優しい。しかしその口が告げるのは厳しい現実である。

「あと二人、確保せんと——うちの会は解散だからねぇ」

猿神学園《さるかみがくえん》は文武両道を掲げるごく一般的な私立学校である。

武道・格闘系の部活動が盛んで、昼休みには打撃音と怒号《どごう》がそこかしこに飛びかう。高等部ともなれば肉体的に大人と大差ないが、新入生勧誘の先頭に立つのはとびきりの巨漢と相場が決まっている。

「おう、坊主。その竹竿《たけざお》みたいな体型で恥ずかしくねぇのか?」

のしかかるようにして挑発する。なんだとこの野郎、と反抗してきたら素質アリ。殴りあいが日常の部活動において、弱気は罪悪に等しい。

威圧的な勧誘が常態化している校内で、例外もいくつか存在している。

その男は昇降口で気弱そうな男子を見つけると、馴れ馴れしく肩に腕を回した。

「キミ、一年生だよね。体操術に興味はないかな?」

眉と目元のくっきりした顔で、太陽のように明るい笑顔を浮かべる。ラテン系の陽気さを連想させる、気さくで人好きのする男だった。声をかけられたほうも、思わずはにかみ笑いを浮かべる。

「僕は体操術研究会の瀬田《せた》。瀬田福之介《ふくのすけ》って言うんだ、よろしく」

「はあ……でも僕、運動とか苦手ですから、体操はちょっと」

その一年生は柳のようにか細く、肌の色は青白い。

くらべてみると、瀬田福之介は身長一九〇を越える長身で、筋骨もしっかり発達している。ダビデ像のように均整《きんせい》の取れた体型は、闘戯《とうぎ》者かアスリートにしか見えない。

「いやいや、器械体操や新体操じゃないよ。ただの健康体操さ。僕は個人的に闘戯もやってるからこうだけど、会員には学生免許も持ってないヤツもいるし」

「はあ……あの、でも僕はどっちかと言うと、将棋に興味があって」

「将棋なら、うちの顧問《こもん》と打ってみなたらどうかな。けっこう強いらしいよ？」

「えっと、打つだけなら」

好意的な笑顔に押され、蒼い顔の少年はついうなずいてしまう。

するとまた、瀬田福之介の笑みは輝きを増すのだ。

「よし！　なら遊びにいこうか、うちの部室に。あと、これはお近づきの印ね」

彼は新入生の手に、懐から取り出したものを握らせた。

一辺一〇センチほどの透明な薄い袋に、白いものが詰まっている。

ごくり、と新入生はツバを飲んだ。

「こ、これは……」

「そう、それはそういうものだ」

瀬田福之介のさわやかな笑みに、企み深いギラつきが混じる。

「じゃあ、やっぱり……違法性のある、気持ちよくなれる、粉なのですか」

「胞子」

「え」

「キノコの胞子さ」

ギラギラした目つき――というより、トロンと酩酊した目で、彼は言う。

「体操術研究会で、僕と一緒にキノコを育ててみないか？」

「さようなら」

男子はパッチリした眼を半眼にして立ち去ろうとする。

「ははっ、照れなくてもいい」

ヒョウのごとく俊敏《しゅんびん》な動きで回りこむ上級生に、新入生は怯えて震えだした。

「キミだって知ってるだろ？　キノコはかわいいし美味しい、体にもいい――かくいう僕もキノコのためにフルコン空手部をやめて体操術研究会に入りました！　俳優の勝山泉水《かつやませんすい》もおすすめのマタンゴ療法で、身も心もキノコに」

鼻息の荒い太陽スマイルに、横から掌底《しょうてい》がねじこまれた。

「はい会長、そこまで。まわりも見てるから冗談はそこまでにしような」

駆けつけた嵐太《あらた》は、彼の耳を引っ張ってのけ反《ぞ》らせた。

その隙に新入生は逃げだし、まわりを行き来していた生徒たちも犬の糞を避けるように散り散りになる。

「うん、最悪だよフク。おまえもうしゃべるな」

「だってキノコが……タマちゃん先生がキノコ仲間だったから、僕は体操術研究会に入ったんだよ。なのに今さら、キノコがダメなんて……ああ、キノコ、キノコが」

瀬田福之介《せたふくのすけ》ことフクは、基本的には頼れる男なのだ。

キノコ狂いでさえなければ。

「まあ見てろよ。俺がお手本を見せてやる」

「いいけど、狙うのは竹竿《たけざお》のような体で女顔の、アラッチみたいなやつだよ」

「わかってるよ。つーか喧嘩《けんか》売ってんのかテメェ」

嵐太はあたりを見まわした。〈女顔〉という言葉は顔立ちの女っぽさ以上に、傷も歪《ゆが》みもない闘戯《とうぎ》経験の乏しさを揶揄《やゆ》するために使われる。そういった生徒は概して体が細い〈竹竿〉だが、下駄箱の並ぶ昇降口は武格系の勧誘が密集しているので、いたとしても肉の壁が邪魔で見あたらない。

「場所を変えよう。俺もこの身長じゃガタイのいいヤツに紛れちまうからな」

下駄箱で靴を履き替え、昇降口の外に出る。

見あげればそこに、コンクリートのひさしが突き出していた。

「ここがいいな。フク、ちょっと手貸せ」

「なるほどね、了解」

フクは腰を落として、股の前で両手を重ねた。

嵐太はその手を踏み台にし、跳ねあげてもらってひさしに登った。

どんな巨漢も見下ろせる、最高の見晴らしだ。しかも注目が集まって好都合。

すぅぅぅ……と、息を深く吸い、ぐ、と止める。

「――たーいそーうじゅつ研究会っすー」

あえて気だるげに肩を落としてだらしない口調を吐き出す。

「適当にたらたらーと体操やる同好会っすー、武格系とか超やる気しないテキトーなやつとテキトーにケンコーたいそーして、ダベッて、適当に帰るだけっすー」

「おーいアラッチ、勧誘する気あるの？」

下からフクが疑問の声を投げかけてくる。

「いいかフク、やる気がある連中は武格系かメジャースポーツ系に行く。体操術なんてマイナーで胡散臭《うさんくさ》いものやるようなやつは、ただの無気力なあぶれ者だと思っていい。だからこう、同族意識をかきたてるように——たーいそうじゅつ研究会っすー」

「なるほどわかった、手伝うよ……きのこおいしいっすー」

「たーいそうじゅつ研究会っすー」

「きのこを毎日の食卓にー」

「たーいそうじゅつ研究会っすー」

「きのこのためなら死ねるー」

ひさしの上と下から連鎖攻撃。

やがて、おずおずと天然パーマの男子が近づいてくる。

「あの……コント研究会？」

「体操術研究会ッス！」

「きのこぉ！」

思わずムキになって言い返してしまった。

「──そこまで」

ずいと背後から重たい棒状のものが顔の横に突き出されてきた。

たしかひさしのすぐそばにあるのは──生活指導室。

「宇上嵐太《うがみあらた》、そこは清掃時以外立ち入り禁止だ。即時退去せよ」

窓から愛刀を鞘ごと突き出してきた白葉《しらは》が、ひどく冷たい声で言う。

「五秒以内に退去せねば、罰点1としてまた正座で説教を」

「わかったわかった、降りるから。朝ので説教は懲《こ》りた」

校門前の説教でわかったことは、硬い場所に正座しつづけると痛いということだ。

ひさしから降りようとすると、窓際でふるふると白葉が首を振る。

「待て、靴を脱いでこちらから入れ」

「窓から入るのって校則違反だろ？」

「大目に見る。降りるときに足でもくじいたら難儀《なんぎ》だろう」

「平気だってば、骨が弱いわけじゃないし」

嵐太はかまわずに飛び降りた。

「こら、馬鹿者！」

白葉《しらは》の叱責《しっせき》をよそに、嵐太《あらた》は下で待ちかまえるフクだけを見ていた。彼の肩から手へと段階的に踏みつけ、アスファルトに軟着陸する。

「じゃあ次だ次、べつの場所で勧誘だフク」

「きのこぉ！」

「その合いの手はもういいって」

去り際、ちらりと二階の窓を見あげれば、白葉に睨《にら》みつけられた。

いまにも日本刀で切りつけてきそうな鬼気迫る視線に、ぞくりと寒気がした。


「目立つ手がダメってなると、俺のトーク力が試されるな」

嵐太がしかつめらしく言うと、フクが怪訝《けげん》そうに首をかしげる。

「友達すくなくてもトーク力って磨かれるのかな」

「……俺だってキノコが友達のやつにだけは言われたくねぇよ」

次に嵐太が選んだのは、特別教室の並ぶ廊下だった。

人の行き来はすくなく、筋肉自慢の生徒は見あたらない。科学部や手芸部に興味のありそうな、見るからにインドア系の生徒ばかりである。

なかでも、特にひとりの女子生徒に嵐太は目をつけた。

「ねえキミ、わが体操術研究会に入れば、無料マッサージ券を発行するよ」

ゆらりと彼女の横に歩みより、馴れ馴れしく話しかける。

より正確には、彼女のごく一部分に目をつけたのだ。

「は？　なんですか？」

「見ればわかるよ、肩が凝ってるんだろう？」

視線に気づいたのだろう、その女子生徒は顔を赤くして大きな胸を隠した。

「それだけ重そうなモノをぶらさげてりゃ、当然のように凝る。いいんだ、隠さなくてもバレバレだから」

「あ、あの、一体なにを言ってるんですか……！」

「自慢じゃないが、いや自慢と思ってもらってもいいが、俺の揉みテクは玄人レベルだ。うちの女性顧問《こもん》も気持ちよさのあまり、アーイイアーイイと褒め称えてくれた。心配しなくても、その大きなものを揉ませろとは言わない。肩だ、肩だけでいいから」

嵐太は自慢の技巧を誇示するように、ワキワキと手を開閉させた。

「気持ちよくしてやるぜ、ベイビー」

その瞬間、攻撃的な空気の流れを感じた。背後から放たれる矢のような殺意を。

とっさに胸の大きな少女を床に押し倒す。

重たげな風切り音が背中の近くを通りすぎる。ガチャン、と陶器の砕ける音がした。

そちらを見ると、床に青白い破片がこぼれ落ちている。

「うちの会員になにしてくれてんのよ！」

背後には憤怒の少女が仁王立ちしていた。左右でくくった髪を震わせ、両手に構えた陶器の皿を今にも投げつけけんとしている。妙に威圧感があるのは、身の丈より大きなリュックを背負っているからだろうか。

「おまえこそなに投げてんだよ！　ヘタしたらこの子に当たってたぞ！」

「あんたが避けなきゃいいじゃないのよ！　ていうか、私の作品が割れちゃったじゃないのよ！　久々に会心の出来だったのに……私の、〈窓際族セレナーデ〉！」

「おい投げるなよ、投げたらおまえの大事な作品がまた割れるからな」

「た、たしかに……！」

相手が困惑しているうちに、嵐太《あらた》はフクへと目配せを送ろうとした。羽交《はが》い締《じ》めにでもさせて、その隙に逃亡すべし。問答無用で陶器を投げてくるような女に、話が通用するとは思えない。

「か、会長ぉ……わたし、襲われちゃったぁ」

下からしゃくりあげる声が聞こえる。少女は、羞恥《しゅうち》の涙で頬を濡らしていた。

見下ろせば、たわわな胸が潰れている。

手のなかには、マシュマロのように柔らかな肉感。

「……これは偶然の事故であって、マッサージのサービスじゃありません」

MIA

「あんたねぇ！　乳を揉む暇があったら粘土をこねなさいよ！」

「ちょっと待て、そういう問題なのか？」

「とにかくさっさと手を離しなさい！　ひーちゃんがガン泣きしてるじゃないのよ！」

胸から手を離したときには、すでに手遅れである。

いたましい泣き声が鳴り響いた。

陶器投げ女の全身に殺意が満ちて、廊下に闘戯《とうぎ》免許が勢いよく叩きつけられる。

「決闘よ、相手しなさい！」

う、と嵐太《あらた》はうめいた。最悪の流れだ。揉め事を闘戯で解決するのは、現代日本において不文律のようなもの。彼女の行為は決して理不尽ではないのだが――

「甲坂《こうさか》さん、ストップストップ」

フクが親しげに彼女の肩を叩く。どうやら顔見知りらしい。ネクタイの色からしておなじ二年生同士だろう。

「アラッチも悪気はないから許してやってよ」

「よしんばセクハラのつもりがなかったとしても、うちの会員を横取りしようとした時点でケンカ売ってるも同然でしょうが！」

甲坂は肩を跳ねあげてフクの手を振り払った。

「だいたいアンタらみたいな零細《れいさい》同好会が部室持ってるくせに、わが陶芸愛好会が部室を取りあげられるってどういうことよ！」

「そりゃあ甲坂さん、おたくが野球部の連中と乱闘騒ぎするから……」

「ホームランボールでみんなの作品を粉砕してくれたのよ！　無惨に割れて、散っていったあの子たちのためにも、血で贖《あがな》うしかないじゃない！」

嵐太はふと、甲坂という名にまつわる噂を思い出した。

文化系同好会でありながら、武格系に対しても無差別に噛みつく暴れん坊。

風紀委員から指導されること一〇八回。

――〈狂犬《きようけん》〉甲坂美亜《みあ》。

「なるほど、狂犬か……自分の作品も無惨に割るだけのことはあるな」

「ちょっとそこの女顔、なんか言った？」

「あ？　だれが女顔だコラ。陶器かたっぱしから揉み潰すぞ？」

「あぁん？　一年坊が喧嘩《けんか》売るつもり？」

「あああぁあん？　先輩が後輩いじめるつもりか？」

ふたりしてガン付けあっていると、

「えいっ」

下の女子に思いきり突き飛ばされた。彼女の腕っ節がすごいのか嵐太が軽すぎるのか、立ちあがった勢いのままつんのめり、甲坂美亜の懐に突っこんでしまう。

ふにゅりと柔らかな感覚で、顔面を迎えられた。

「うおっ、おおう」

ふたつのクッションの間に鼻がすっぽり埋まって、頬がぬくもりに包まれる。ささやかな感触からしてBカップだろうか。

「いい度胸ね……私の間合いに入るなんて」

頭がつかまれた。手の平で目を塞《ふさ》がれ、頭皮に爪が食いこむ。

視界は閉ざされたが、彼女の殺意はより濃厚に感じ取れた。

――腹にくる。

感じとったままに、掌底《しょうてい》が至近距離からみぞおちへと伸びてきた。

「うおっ、あッぶねぇ……！」

嵐太《あらた》はとっさに美亜《みあ》のアイアンクローをつかんで固定した。

片足を半歩引いて体を横に開けば、自然と美亜の手もねじれる。

手がねじれれば姿勢も乱れ、掌底は狙いを外して空を突いた。

「このッ、避けるなひょーろくダマ！」

「待てって！　ちょっと落ちつけよ狂犬《きょうけん》！」

ぱっと嵐太が手を離せば、美亜の手も頭から離れる。

彼女は勢いあまって何歩かつんのめり、すぐ振り向いて顔面を紅潮させた。なまじ抵抗した

のがまずかったか、さらなる怒気を漂わせ、

「シャアァァ！」

大股で踏みこんできた、そのとき――

「そこまで」

接触寸前、両者の間に日本刀の鞘が差しこまれた。

淡雪《あわゆき》――岬白葉《みさきしらは》の愛刀だ。

「またおまえかよ……」

「これ以上の闘争行為は私闘と見なす」

彼女は涼しげな目つきでふたりを見据《みす》えた。スリムな脚線でしなやかに立つ姿には、一年生にして威厳すら漂う。

「私闘もなにも、こいつがさっさと免許出さないのが悪いんじゃない！」

「彼は一身上の都合により、闘戯《とうぎ》免許を持っていない。よって闘戯の資格なし」

「は？　猿神に通ってて免許なしとかナメてんの？」

率直なまでの挑発に、嵐太の頭は反射的に怒りに染まる。

「んだと、このアマ」

「闘戯する気がないなら不闘系のガッコに行きゃいいじゃん。それとも闘戯で痛い目見る心配がないから、好き勝手に振る舞えますーってわけ？」

「あぁ？　人それぞれ事情ってもんがあるだろ？　粘土と間違えて自分の脳みそでもこねまわしちまったのか？」

「あぁん？」

「あぁぁあぁん？」

嚙みつきあうふたりの間で、ちゃきりと金属音が鳴った。

岬白葉《みさきしらは》が鯉口《こいくち》を切って、鞘からわずかに刃をちらつかせている。

「双方、これ以上のいさかいは校則違反として罰則を適用する」

雪のように凄烈《せいれつ》な白銀色に、嵐太《あらた》と甲坂《こうさか》は息を飲む。

日本刀──すなわち武具。

徒手空拳こそ華とされる現代社会においては、本来忌避《きひ》されるべき代物である。特級武拘束《ぶこうそく》〈サキガミ〉によって抜刀を封じられているとはいえ、刃物の威圧感は抗いがたい権力の象徴として両者を威圧する。

「いやー悪い、甲坂さん」

フクが嵐太の肩に手をまわして、まばゆい笑顔で緊張感を解きほぐした。

「こいつちょっと病弱なんだ。猿神に通いつづけてるのも、世話になってる医者の先生がいるからであって、含むところはないよ」

「ふん……病人なら最初から大人しくしてなさいよ」

美亜《みあ》はバツが悪そうに顔を逸《そ》らした。忌々しげなへの字口で会員の少女の手を引き、嵐太の前から歩み去る。最後に誤魔化《ごまか》すような捨て台詞を残して。

「次からは敬語使いなさいよ、一年坊」

思わず突っかかろうとする嵐太を、フクががっちり固めて離さない。

白葉は刃のように冷たい表情でふたりを一瞥し、美亜と逆方向に歩みだす。

「宇上《うがみ》嵐太、自分の体はいたわるべきだ。道義のため、君自身のため」

「なにが俺のためだよ……！　俺は、ただ……！」

少女たちが立ち去るあいだ、嵐太は自分を抑えこむのに必死だった。フクが止めていなければ、どちらにもツバを吐きかけていたかもしれない。悔しくてたまらないのだ。岬白葉の公平さも、ささいな気遣いも、今は刃のように心を引き裂いてくる。

「あんまり気にするなよ、アラッチ。闘戯《とうぎ》ができなくてもキノコは食える」

「は？　気にしてねーし。というかキノコ好きじゃねーし」

その後、昼休みの勧誘活動はすべて失敗に終わった。

ふて腐れた女顔のせいかもしれない。

放課後、体操術研究会の部室で小さな顧問《こもん》はほほ笑んでいた。

「会員確保、うまくいかんね……どうにもこうにも」

目をかすかに細め、柔らかそうなほっぺをかすかに緩める。愛らしい顔立ちのささやかな笑みは、部室内に和やかな空気をもたら——さない。コールタールのように粘っこく高密度の緊張感がプレハブ小屋を満たして、少年たちの肺腑《はいふ》を強張《こわば》らせる。

「でもね、タマちゃん」

「フクさん……かりにも顧問《こもん》にその呼び方、どうなんかねぇ」

「タマちゃん先生」

「よろしい」

中村環生斎《なかむらかんじようさい》の「環生」をタマキと読まれることを当人は好む。発案者である嵐太《あらた》自身は、なんとなく気恥ずかしくて別の呼び方をするのだが。

「先生、やっぱり体操術じゃ求心力が弱すぎるんじゃないか。知名度ゼロだし、なんか怪しいし、入ってみたいと思う若者なんてツチノコ並に希少だぞ?」

「ヤングガイのくせに、覇気がないねぇ……先生が十代の時分なら、ツチノコぐらい三時間あればひょいひょいーと捕まえてきたもんよ——?」

「嘘つけよ先生」

タマちゃんの悪癖その一。たまによくわからない嘘をつく。

「もっとキノコを……新入生にすごいキノコを見せつけるのは?」

「なに言ってんだフク」

「や……それは、正論ってもんじゃあないかい、あーたさん――？」

タマちゃんの悪癖その二。フクに匹敵するキノコ愛好者。

「ふふふ、タマちゃんならそう言うと思ったよ……こんなこともあろうかと、僕は素敵なものを用意してきたんだ」

フクはロッカーからなにやら荷物を取り出してきた。

猛烈に嫌な予感がする。こういうとき、嵐太の勘は良く当たるのだ。


事実、その予感は的中してしまう。

翌日の昼休み、食事を終えてから新勧誘計画が発動した。

それは嵐太の心をどん底に蹴落とすようなものであった。

「きーのこ、きのこ、きーのこ♪　しいたけ、なめこ、まいたけ♪」

クリーム色の全身タイツにキノコ頭のかぶり物を装備したフクが、歌いながら踊る。いや、環生流の健康体操を実演する。

校舎の、廊下で。道ゆく生徒から怪訝《けげん》そうな視線を浴びせかけられながら。

「きーのこ、きのこ、きーのこ……」

もちろん、死にそうな顔の嵐太も一緒に。全身タイツは抵抗があったので、かぶり物だけ頭にかぶって出動している。

「煮てよし、焼いてよし、うまうま……」

作詞作曲、瀬田福之介《せたふくのすけ》。振り付け、中村環生斎《なかむらかんじょうさい》。

ちびっこい顧問《こもん》殿も、全身タイツとキノコ帽子でノリノリに舞う。

「先生は喉が悪いから唱えんけれど……その分めいっぱい踊るからねぇ」

「なぁこの歌、健康体操のトロトロ感と全然あってないんだけど」

「そのミスマッチを、キノコのデザインで説得力に変えていくのさ」

フクの不可解な言い分に、タマちゃんは「さもありなん」とうなずいている。

もはや逃げ場がない。腹をくくろう。男は決まったことに愚痴愚痴言わないものだ。

「おっしゃ、俺のキノコ踊り見さらせ！　きーのこ、きのこ、きーのこ！」

「その意気だよ、キノコ二号！　まつたけ、高い、おいしい♪」

「うむうむ成長したねぇ、キノコ二号……先生は嬉しいよぅ」

「おうおう、俺はキノコ二号だ！　ハハハ、キノコだキノコだ、キノコマーン♪」

こういうのは照れると余計に恥ずかしいので、全力で声を張りあげる。

無心だ。無心でなりきるのだ。きのこに、なるのだ。

俺はキノコだ。キノコなのだ。

中国武術を思わせるゆるやかな動きで踊りながら、軽快なテンポで、歌を響かせる。

「うっわぁ……」

「……キッツぅ」

通りすがりの女子生徒たちが心底嫌そうに呟く。

やってられるかと喚《わめ》き散らしたい気分だが、体操術研究会のために耐える。

涙をこらえていると、眼鏡の女子がおずおずと近づいてきた。

「あ、あの……」

「はいはいはい！　入会希望者の方ですか！」

「いえ、教頭先生が中村先生を呼んできてくれと」

「あーそうかー、先生の方かぁー、クソッタレ」

タマちゃんは呼び出しに応じて姿を消した。

残されたのは、かわいげもない男二名。

異様な空気に廊下からひと気がなくなっていき、やがて人影はひとつになった。

（……いや、これはチャンスだ）

相手は一名、痩せぎすでいわゆる〈女顔〉の男子。

「ようよう、シャイボーイ。俺たちと一緒に体操術をやってみないかい？」

「まずはご試食を！　僕の育てた愛《まな》キノコの姿焼きだ！」

一瞬で詰めよってきた二人に、痩せぎすの男子は目を白黒させる。

「体操術はいいぞぉ、適度な運動で健康になれる。痛い目を見る必要もない。空いた時間で趣味に耽《ふけ》るも良し。見ろよ、このキノコ狂いの幸せそうな顔を」

「僕が裏山で原木栽培したシイタケと、こっちの市販のシイタケを食べ比べてくれ。ほら、なめるだけでもいいから。僕のキノコ、はやく味わって……！」

「どう考えてもこいつ頭おかしいだろ！　でも許されるのが体操術研究会なんだ！」

男子は視線を逸《そ》らしながらも、会話を打ち切って逃げようとしない。

やはりNOと言えないタイプだ——と、嵐太《あらた》は思ったのだが、

「か、勧誘なら……あの、闘戯《とうぎ》で」

挙動不審に動いていた視線が、真っ正面からフクを捉《とら》えて不動となる。

「闘戯でそちらが勝ったら、入会します。そちらが負けたら——瀬田《せた》さん、体操術研究会をやめてくれません？」

「お？　いいよいいよ闘戯だね、がぜんOKの構えだよ！」

フクは軽々と了承し、闘士認定免許を取り出す。

（コイツ……最初からフク狙いで声かけられるの待ってやがったな）

瀬田福之介《ふくのすけ》は中学時代、フルコンタクト空手部のホープであった。大会や闘戯で好成績を残し、高等部に上がると引く手あまたで勧誘を受けたが、選んだのは武格系でなく無名のマイナー同好会。そのことで当時は物議を醸したものだ。

「おいフク、本当にいいのか？　妙な流れだぞ……」

「大丈夫さ、僕はけっこう強いから。昼休み終了まで五分もないし、最悪でも時間切れで引き分けにするよ。たとえば、俺よりウェイトが五〇上の巨人でもなけりゃ……」

ずぅーん、ずぅーん、と重たい足音が近づいてくる。

廊下の角から現れたのは、まるで筋肉の要塞だった。

「では約束どおり闘ってくださいね、このスマッシャー魔熊《まぐま》と」

身長一九〇強のフクより一〇センチは上か。厚みと肩幅に関してはさらに段違いで、学ランがいびつに膨らんでいる。赤い覆面からしてプロレス系だろう。

彼は突如、蛮声を張りあげ気合い一発。

「うがあッ！」

全身の筋肉がひとまわり大きく膨れあがり、学ランが張り裂けた。

さらけ出されたのは、パンツ一丁のレスラースタイル。

「でっけえ……」

嵐太は憧憬《しょうけい》すら覚えて、米俵のように盛りあがった胸板を見あげた。

うらやましい。巨木のように太い腕が。ボンレスハムの塊のような二頭筋が。

ちょっと短足で重心が低いのも男臭さに拍車をかけている。

「負けんなよ、フク……あんな羨《うらや》ましい、いや、いけすかん筋肉野郎に」

「もちろん勝つよ、体操術研究会がなくなるとつまんないからね」

フクは目を闘志に爛々《らんらん》と輝かせ、キノコマスクを脱ぎすてた。

「じゃあ、ジャッジプラクターを呼びますね」

痩せぎすの男子は廊下の壁に据えつけられた呼び出しボタンを押した。放たれた電波は、校内に散在するジャッジプラクターの携帯電話か白マスクを打ち鳴らす。

すぐさま現れた仮面の審判が、両者の免許をスタンロッドのスキャン機能で確認。

ルールに関してはフクが決めた。魔熊《まぐま》は「うがうが」としかしゃべらない。

——リミットは昼休み終了まで。

——リングは廊下内、七メートルの範囲。

——その他は闘士ルール準拠。

——勝利時の報酬は、フクと竹竿《たけざお》男子の身柄。

「闘士間の闘戯《とうぎ》はライブラリ保存を原則とす！」

ジャッジプラクターはスタンロッドを掲げた。五メートル間隔で天井に設置された監視カメラが首を振って、青い光で形成された四角いリング内を捉《とら》える。

録画された闘戯は闘戯協会の公式ライブラリで鑑賞可能となる。言い訳のしようもなく、この勝負で体操術研究会の進退は決まるのだ。

「闘戯——開始！」

フクは機動性重視のやや重心高めの構えから、真正面に踏みこんだ。

くり出すのは、紫電のごとき左順突き。

ガードはない。プロレスラー特有の無防備さで、みぞおちへの一撃を受け入れる。

「げはッ」

魔熊の口から苦痛の声がほとばしった。

巨漢の頭が下がったところで間髪入れず、追撃の猿臂が射出される。フクの右肘は見事に魔熊の顎を打ちあげた。

「がうがッ」

赤いマスクがぶれ、重機のような体がのけ反《ぞ》る。

「っしゃ間合いピッタリぃ！」

フクは振りあげていた右手を切り返した。拳鎚で捉えるのは、魔熊の左鎖骨。

「ぎゃうアッ……！」

直撃し、鎖骨がたわむ。魔熊の左腕がガクリと垂れた。

ここまですべて機械のような精密さで、滞ることなく一瞬のこと。

さらにフクは一歩下がる。彼の十八番、上段回し蹴りの間合いに入る。

（やっぱりフクはすげぇ）

感嘆せずにはいられない。精密無比《せいみつむひ》に間合いを見極め、直撃を当てるセンス。想定どおりに試合を誘導する連撃の冴え。それらを支える恵まれた肉体。

相手が無防備であったことを差し引いても、卓越した打撃者《ストライカー》だ。

（でも……）

感嘆しながら、嵐太《あらた》は狼狽していた。

「まだだ、フク！」

魔熊《まぐま》の体は垂れた左腕に引っ張られて、やや傾いている。

ハイキックで打ってくださいと言わんばかりに、頭の位置が下がっていた。

「シュアラァッ！」

フクは右足を振りあげた。半月の軌道で、魔熊の側頭部めがけて。

外れるはずがない――完全に三連撃を食らわせ、一呼吸の間に体勢を立て直せるはずがない。

そんな自信に満ちあふれた一撃が、見事に魔熊のこめかみを捉《とら》える。

――が。

魔熊の頭が衝撃に跳ねることはない。ブタの丸焼きを思わせる太い首が頭をしっかりと支え、脳の揺れを最小限に抑える。

「ぐうぅ……」

それでもダメージをゼロにはできず、魔熊はうめきながら前のめりに倒れ――

がっちりとフクの体に抱きついた。

「まずいな、こりゃ」

フクが冷や汗を垂らした直後、体重八五キログラムが舞いあがった。

魔熊が抱きつき、跳んだのだ。

人ひとりを抱えて驚くほど身軽に真上へと――！

「がおぉおおぅ！」

廊下には木のタイルが敷き詰められている。

畳やリングと違って、一切のクッション効果が期待できない。

「くッ！」

フクは握り拳の中指を親指で押しあげ、中高一本拳を作る。ピンポイントで顔の急所を狙おうとした、その瞬間、フクの頭部に衝撃が走る。

「がっ、はぁ……！」

頭が叩きつけられていた。跳躍の頂点に達した瞬間、思いきり持ちあげられて、天井に。想定外のダメージで、構えた一本拳が緩む。

「んぅうぅうがあああああ！」

落下の勢いとともに、フクの体が振り下ろされた。

天井から床まで、およそ三メートル。両者合わせて二〇〇キロ以上の重量を乗せて、床に激突する。校舎がずぅんと重たい音を立てて震動した。

ジャッジプラクターが慌てた口調で決着を告げる。

「勝負あり！」

嵐太《あらた》は呆然とした。

「ま、負けちまった……！」

会員数が足りない状況で、よりにもよって会長が抜けてしまう。そうでなくともフクは苦楽をともにしてきた仲間なのだ。キノコ狂いとはいえ、仲間なのだ。

「ごっ、おごっ、ごふッ」

フクは背中へのダメージで痙攣《けいれん》し、非人間的な呼吸音を吐き出している。

あと三〇分は動けないと思われた、そのとき――

「うごぉ……！」

目の焦点が合わない魔熊《まぐま》が、短く太い脚をフクの左腕に絡みつけて、ぐるりと床を転がった。

その勢いでフクの体は持ち上がり、振りまわされる。

制止の声があがる間もなく、フクの体がジャッジプラクターに叩きつけられた。ふたりまとめて、回転した魔熊に押しつぶされる。

――こきゅり。

フクの左肘から、嫌に軽い音が鳴った。

魔熊はようやく身を離す。勝利を誇るように、人差し指で天を差した。

「うがあぁああ！」

「おいフク！」

嵐太は血相を変えて駆けよった。

フクは泡を噴いて失神している。その右肘は逆方向に曲がっていた。

応急処置を務めるべきジャッジプラクターは、フクの下敷きでやはり気絶中。

「クソッ、だれか別のプラクターを呼んでこい！」

いつの間にか集まっていた野次馬に怒鳴りつける。しかし、処置は迅速であることが肝要。

このまま待っていても、ヘタすればフクの腕に障害が残りかねない。

気持ち悪い角度に曲がった腕を凝視し、意識を集中した。

眉間のあたりが熱を帯び、フクの体を駆けめぐる気の〈流れ〉が肌に感じられる。

「完全に流れが狂ってるな……」

折れた骨が周囲の神経や血管を圧迫し、気の流れまで阻害している。

嵐太は、上腕と前腕の経絡に、親指で軽く刺激を与えた。

たちまちフクが目を丸く見開き、悲痛な唸《うな》り声をあげる。

「いぃっぢぢぃい、いぢいぃぃ」

「ガマンしろ、環生流の指圧術で気の流れにショートカットを作った。たぶん後遺症は残ったりしないと思う……たぶん」

「ぢょっ、あぶおっ、ききっきき、ききき、き、き、き」

「き?」

「きのこ! キノコを僕に……!」

フクのキノコスーツのポケットに手を突っこむと、得体の知れないキノコが入っていた。口に押しこんでやると、フクは幸せそうに白目を剥き、ふたたび失神した。

嵐太《あらた》は小さく息をついて、立ちあがった。

剣呑な目で魔熊《まぐま》を睨《にら》みつける。

「てめぇ……フクの腕、折りやがったな」

湧きあがる感情を抑えきれない。がふーがふーと興奮に息を乱している魔熊へと、自然に足が進み出た。

「次は俺の番だ、この八百長《やおちょう》野郎」

ピクリと魔熊が震える。全身の筋肉が怒りに脈打ち、あかあかと充血していく。見るだけでわかるパワーの塊だ。彼が重戦車だとしたら、〈竹竿《たけざお》〉の嵐太はママチャリ同然と言っても過言ではない。

(知るか、ンなこと)

恐怖もこみあげてくるが、怒りを糧に一歩ずつ進んでいく。

審判はなお気絶中で、まわりは野次馬のみ。止める者はだれもいない。

「一発殴らせろ、八百長野郎。それとも台本なしじゃ耐えられないか？」

「うがぁあ！　がっ、があぁぁあ！」

魔熊は親指で自分の体を指し示した。やってみろ、というジェスチャーだろう。

相手の攻撃は受ける、それがプロレスという格闘技だ。嵐太は魔熊のプライドを利用して、わずか五十センチに満たない至近距離に踏みこんだ。

「なら遠慮無く」

口元を歪《ゆが》め、息を吸い、
そわっ――

と、手の平を魔熊の腹筋に優しく乗せ、軽く押す。

「が」

魔熊は馬鹿でかい口をドンブリ大にまで開けた。

ぐるり、と目が裏返る。

ゆっくりと巨体が後ろに傾き――轟音を立てて、仰向《あおむ》けに倒れた。

騒がしかった野次馬が静まり返る。だれもが魔熊の冗談だと思いこみ、その動向を見守っていたが、立ちあがる気配は一向にない。

「どういうことだよ……」

だれかのつぶやきに、嵐太は努めて平静に解説をしてやった。

「体内に少量の〈気〉を流しこみ、破裂させた――環生流マッサージの応用だ」

人体には血の流れや神経の流れとおなじように、〈気〉と仮称されるエネルギーの循環系が存在する。神秘の超パワーというほど大層な物でもなく、肉体に与える影響は本来ごく曖昧《あいまい》なものだ。「気分が悪い」と言うときの〈気〉が、イメージ的に近い。

（先手を取りにくるタイプだったら、流しこむ間もなく俺が即死だったけど）

しょせんは体操術とマッサージ。技術転用はせいぜい攻撃までだろう。あくまで先手必勝、後手必敗の一発勝負だが、まずは結果オーライ。

「が、か、かぐっ……かひっ、ひっ、かぽっ」

横隔膜《おうかくまく》が痙攣《けいれん》しているらしく、しゃっくりじみたうめき声があがる。

「どうよ、内臓に直接ダメージ食らった気分は。言ってみりゃ金玉蹴られたようなもんだ。それでも、後遺症は残りゃしないが――」

「うがぁあああ！」

突如、魔熊《まぐま》は吠えた。右へ左へ転げまわり、苦悶《くもん》のあまりに両腕を振りまわす。無造作な一撃で窓は叩き割られ、ドアはへし折れていく。

ぶぉん、と嵐太《あらた》の眼前をバレーボールのような拳がかすめた。

鼻に鋭い痛みが走ったかと思えば、じわりと鼻血があふれだす。

「フクの腕折っといて、後遺症どころかずいぶんと元気じゃねぇか」

鼻血を袖でぬぐう。内心ヒヤリとしたが、それ以上に頭が熱くなった。

（なおさら許せねぇ）

これだけの力を御することもせず、無責任に振るって対戦相手をいたぶったことが、ひどく浅ましいことに思える。内臓へのダメージだけでは、釣りあわない。

そのとき、ふいに魔熊のマスクが鼻のあたりまでずれた。

「がっ！」

ビクッと魔熊が弾み、暴走が止んだ。震える指先でマスクを降ろそうとする彼の姿に、嵐太は雑誌で見かけたフレーズを思い出した。

——覆面レスラーにとって、素顔は暴かれざる秘密の花園である。

にこり、と嵐太は可憐《かれん》にほほ笑む。

「うふ、うふ、うふ……オラッ、マスク脱げオラッ！」

魔熊の腕が止まっている隙に駆けより、乱暴にマスクを引っ張った。

「や、やめ……顔だけは、やめ、やめ……」

「普通にしゃべれんのかよ！　そうらご開帳《かいちょう》だオラァッ！」

強引にマスクを剥ぎ取ると、角張ったゴツい顔につぶらなまなこがふたつ。

ぶわりと涙が噴きだした。

「やぁぁ、見ないでぇ……！」

「オラッ、写メだオラッ！　激写してやるオラッ！」

携帯電話を取り出してカメラ機能を駆使し、あらゆるアングルから魔熊《まぐま》の素顔を撮影しまくる。撮りまくる。すぐさま自分のPCアドレスに送信。

「大スクープだオラァア！　フクの腕がダメになったら、そのリスみたいに可愛い目をブログにアップしてやっからなオラぁ！」

「ふごっ、ふんごおぉおお！　ひどいぃいい、ひどすぎるぅう！」

暴走した嵐太《あらた》を止める者は、この場にひとりもいない。野次馬は状況についていけずポカンとしており、事の発端である痩せぎすの男子はとっくに姿を消している。ジャッジプラクターが気絶した時点で、「やべ」と漏らして人混みに紛れていた。

制止の声は場の外、廊下の果てから聞こえてきた。

「そこまで！」

長い黒髪が軽やかにたなびく。

彼女は壁を蹴って野次馬の頭上を跳びこえるや、飛燕《ひえん》のごとく愛刀をひるがえす。

鞘越しの打擲《ちょうちゃく》が魔熊の頭をとらえ、一撃で失神させた。

返す刀が自分にやってくる——嵐太はとっさに頭を抱えて飛びのいた。

「まーたおまえかよ、岬《みさき》！」

間一髪で鞘は髪の先をかすめる。

「風紀乱れるところ風紀委員ありだ」

「おまえぐらい熱心な風紀委員なんていないよ！」

バックステップで距離を開いていく。脱兎のごとく逃げだしたい気もするが、走るとまた体内の〈流れ〉がおかしくなるかもしれないし、白葉《しらは》がそれを許さないだろう。

「報告は受けている。熊谷益夫《くまがいますお》の罪状は仕合後の追い打ちと校内設備の破壊……そして君は無免許闘戯《とうぎ》と暴行容疑。両者ともに懲罰《ちょうばつ》に値するものと心得た」

ほんのわずかに間を持たせ、彼女は宣告する。

「ゆえに――次は避ける暇も与えん」

鞘つきの日本刀を腰に構えた姿は、まるで居合いのようだった。

冷然とした空気に、ごくりと嵐太はツバを飲む。

身動きができない。ヘタに動けば、その瞬間に斬って落とされるだろう。

「まさか、抜く気か？」

「鞘で打つ。君の言ったとおり、病弱であろうと贔屓《ひいき》はしない」

先日、ついムキになってしまったことを、嵐太はすこし後悔した。

「……言っとくが、今回ばっかりは反省する気はないぞ」

「君の言い分は想定している。仕合が終わったにもかかわらず友人の腕を折られ、激昂《げっこう》して私的に制裁を加えた、と」

「ああ、そうだ。試合中の怪我《けが》でなけりゃ、名誉の負傷ですらない。折れ方によっちゃ後遺症が残るかもしれねぇ。仕置きされて当然だろ、このデカブツは」

しゃべるうちに、気圧《けお》される気持ちが怒りに飲みこまれていく。フクには応急処置をしたので後遺症の心配はないが、それでも万が一を思えばぞっとする。

もし、後遺症のために、フクが闘戯《とうぎ》をできなくなれば――

「それはつまり……瀬田《せた》先輩を自分のようにしたくなかった、と？」

胸中をずばりと言い当てられ、嵐太《あらた》は口をつぐんだ。

闘戯ができなくて羨望《せんぼう》と嫉妬《しっと》にまみれる日々を、なにも気のいいフクまで味わう必要などない。そう思ったときには、激昂《げっこう》して魔熊《まぐま》に向かっていたのだ。

「だとしたら、情状酌量《じょうじょうしゃくりょう》の余地はある」

ふむふむ、と白葉《しらは》は納得してうなずいていた。

「――が、君は病弱な自分の体を大事にしなかった。そのことも含めて、風紀委員権限で簡易的に処罰を下す」

白葉の目が細められていく。嵐太を見据《みす》えて鋭さを増し、やがては全身がまるで一個の刃のように尋常ならざる切れ味を感じさせた。

（来る……！）

研ぎ澄まされた攻撃的な意志が、嵐太の肌身に鳥肌を立たせる。

す、とひどく静かに白葉が前に出た。

「シィッ！」

白葉が動くとまったく同時に、嵐太は後方に飛びのいていた。

だが、それですら間に合わない。

頭をかばった両腕に激しい衝撃が叩きこまれる。

たちまちバチンッと、〈気〉の〈流れ〉が断ち切られた。

「ぃい……ッ！」

神経を切り落とされるような苦痛に視界が明滅する。

——腕が切り落とされた？

それほどの痛苦が、手首のすこし上で燃えあがっている。血の一滴も出ていないのに、体感としては刃で切られたようにしか思えない。

「処罰完了——」

岬白葉は即座に美麗な立ち姿で得物《えもの》を腰に引き戻している。

その愛刀から怪しげな気配が漂うのを、嵐太はたしかに感じとった。腕を打たれてはじめて気づいたのだ。その刀に秘められた妖気に。

「な、なにしたんだよ、おまえ……ていうか、なんだ、その刀」

「なにを、だと？　ただ懲罰《ちょうばつ》を与えただけだが――」

そこまで言って、白葉《しらは》はきょとんと小首をかしげる。

脂汗《あぶらあせ》を垂れ流すほどの痛みを与えたつもりはない、というように。

「もしや……折れたのか？」

「い、いや、折れちゃいないけど……おまえ、無自覚かよ！　超痛ぇよ……！」

「すこし見せてみろ」

白葉の指は闘戯者《とうぎ》とは思えないほどなめらかで白い。

優しく触れられると、それだけで――

激痛で神経が焦げつき、意識が消し飛んだ。


目を覚ますと、見覚えのある部屋にいた。

もう夜だろうか。窓の外は暗い。豆球が頼りなげな光彩で、壁を埋めつくしたプロ闘戯のポスターを薄ぼんやりと照らしている。

気だるくて身を起こす気になれない。嵐太《あらた》は布団から天井を見つめた。

「……夢じゃあないよな」

腕を断ち切られたような痛みに悶《もだ》え、岬《みさき》白葉に手で触れられて失神した――という記憶はあるが、なぜ自室にいるのかはさっぱりわからない。

失神した後、自分を運んでくれそうな人物と言えばフクぐらいだ。

「そうだ、フク……あいつ、腕は大丈夫なのか」

携帯電話を探ろうとしたが、なにやら腕が異様に重たい。手首から先がコンクリートで固められているかのようだ。

見れば布団が不自然に膨らんでいる。

「おい、なにやってんだよ」

「ただの触診《しょくしん》……いつもどおりに」

布団がめくれて、嵐太《あらた》の手を頬に当てているタマちゃんが現れた。

嵐太は慌てず騒がず、年齢不詳の童顔《どうがん》をジト目で睨《にら》みつける。

「なんで布団のなかに入ってんだよ。だいたい部屋に勝手に入るなって何度も何度も俺はくり返し言ったよね？」

「心配ないんよ……猥本《わいぼん》は、所定の位置のまま動かしとらんから」

「なんで所定の位置知ってんだよ！」

「そりゃー、あーたさん――一緒に住んでたら、たいがいの隠し事は……ね？」

この奇妙な同居生活で油断は禁物。数年のうちに理解していたはずだ。

中等部に入ってすぐのころ、宇上《うがみ》家は仕事の都合で引っ越しを余儀なくされた。しかし嵐太の体質改善は中村環生斎《なかむらかんじょうさい》に任せるほかなく、途方にくれたところ彼女から申し出があったのだ。

――合縁奇縁……この子はわしが預かるんよ。

以来、嵐太はタマちゃんとボロアパートで一緒に暮らしている。

家でも学校でも付きあいがあれば、おたがいの性情はずいぶんと知れている。手に押し当てられた頬にしても、理不尽なまでのスベスベ感とぷにぷに感からして、コイツほんとうは子どもなんじゃないかと思ったこともあるが――

「……あれ？」

スベスベ感がない。ぷにぷに感もない。

手に当たって柔らかにひしゃげているのに、その感触が、手に伝わらない。

「ふーむ……やはり、なんも感じないかい？」

タマちゃんはかぷりと指に噛みついてくる。

痛みはおろか圧迫感も熱も、唾液のぬめりも感じられない。

それどころか、指が動かない。手首から先がなくなったような感触だ。

「どうなってんだ、これ」

「流れが――断ち切られてるねぇ……」

あまりにも予想外の事態に、嵐太は呆然とした。

宇上嵐太は人一倍、気の流れに敏感な体質である。

もし闘戯《とうぎ》で攻撃を受ければ、〈流れ〉が過剰に影響を受けて、場合によっては暴発する。物理的に肉が裂け、爆発したような有り様となるのだ。

事件の翌朝、その説明をタマちゃんから受け、岬白葉《みさきしらは》は直立不動《ちょくりつふどう》で納得した。

「なるほど、そのために闘戯を禁じられていると」

「そんな敏感体質に――〈淡雪《あわゆき》〉は刺激が強すぎるんよねぇ……」

白葉は早朝から電話で呼び出され、律儀《りちぎ》に体操術研究会の部室に現れた。眠気で不機嫌になるでもなく、いつもどおりの鉄面皮。嵐太《あらた》が恨みがましい目で見ても、その表情は冷酷無情なまでに揺るぎない。

「これは岬家に伝わる妖刀。実を裂けば芽となし、虚《きょ》を断てば淡雪となす――そのように伝えられ、代々女児が鞘となり守護してきました」

「要するに……あーたさんは敏感体質ゆえ、鞘越しであっても淡雪に秘められた妖気の〈流れ〉を過剰に感じとり、触れあい――」

「妖気によって腕の〈流れ〉を断たれてしまった、と」

徐々にかすれが強くなっていくタマちゃんの言葉を、白葉が的確にくみとった。

細かい理屈はともかく、手と腕の〈流れ〉が断ち切られたことは確かだ。なにせ、嵐太の手はいまもってまったく動かない。

「どうすんだこれ。治ってくれないと日常生活もままならんぞ」

事実、昨夜から今日の登校まで、なにかとタマちゃんの助けが必要だった。

肘は動くが、手首はプラプラと揺れるのみ。指がすべてソーセージのようだ。血は滞りなく流れているらしく、血色が良いのがせめてもの救いだ。

「先生の見たところ――完治まで一ヶ月弱」

「マジかよ……」

「長い、ですね」

白葉は細顎に手を当てた。表情は変わらずとも思案《しあん》げな空気は漂う。

すこしぐらいは悩んでもらわないと、嵐太としてもやりきれない。

「じゃあさ、じゃあさ」

やけに楽しげなのは、左腕を石膏で固められたフク。骨折はタマちゃんに荒っぽく「繋げられ」たとのこと。痛みは凄《すさ》まじかったらしいが、二週間もすれば完治するという。後遺症が残る心配がないことが、嵐太にとっては不幸中の幸いだった。

太陽のようなスマイルで、フクは白葉に話しかける。

「岬さんがアラッチの面倒を見てやってくれないかな」

「私が？」

「俺の……？」

「家なら面倒見る者もいる――けど、学校では授業など諸々不便だろうて……」

タマちゃんまでフクに追随《ついずい》する。

「岬《みさき》さんならおなじクラスだし、丁度いいんじゃないかな」

「なるほど、瀬田《せた》先輩の言うことも一理あります」

白葉《しらは》が感心したようにうなずく一方、嵐太《あらた》はしかめっ面で会長と顧問《こもん》を睨《にら》みつけた。

「待ってくれよ、面倒見るったって……大変だぞ？」

「大変なのは、あーたさんの方——じゃあないかねぇ……」

「恥ずかしがってる場合じゃないでしょ？　僕は左手が使えないだけでも不便に感じてるのに、アラッチは利き手まで使えない。登校から放課後まで、教室からこのプレハブ小屋まで、他人の手を借りずにどれだけのことができる？」

嵐太は言い返すことができずに歯噛《はが》みした。不便なことは間違いないが、だからと言って白葉の手を煩《わずら》わせることに抵抗がある。

ここぞとばかりにフクが畳みかけてきた。

「だからさ、岬さんにはうちの会に入ってほしい。そのほうがアラッチの近くで待機できるからね」

「心配無用……どうせ一ヶ月弱、そう長い期間じゃないんよ」

都合のいいことに、完治までの期間は体操術研究会のリミットと一致する。彼女さえいれば、足りない会員数はひとりだけだ。

はたして白葉は、実直《じっちょく》な表情で深くうなずくのだった。

「引き受けよう」

「おお、やってくれるのかい！」

「やっちまうのか……」

「宇上《うがみ》嵐太の体質を軽く見たことについては、言い訳のしようもない。本人から贔屓《ひいき》を拒絶されたことからと言って、結果を見ればやりすぎだった。すまない」

真面目くさった表情のとおり、白葉には物事を堅く考えすぎるきらいがある。彼女なりに真摯《しんし》であろうとしているのだろうが、いまの嵐太には、それがすこし重い。

心情を察して向けてくる視線も真っ直ぐで、これまた重い。

「体のことで優遇されるのを厭う気持ちはわかるし、その心意気は買うが、いまは現実を見るべきだろう。手が使えなければ、学生の本分である勉強すらまともにできないだろう。他人の手を借りるべきときは、恥ずかしがらずに借りるべきだ」

「ああもう！　わかったよわかった！　そんなに言わなくてもわかるよ！」

背に腹は変えられない。不安はあれど、いまはだれかに頼らざるをえないのだ。

「これからよろしく頼むよ、ちくしょう！」

「ああ、こちらこそ——今日から私が、君の手になる」

ふたりが会釈をしあうと、にわかに部室は騒がしくなった。

「よーし、じゃあ今日の放課後は新入会員歓迎キノコパーティをしようよ！」

「うむ……七輪で焼き放題だねぇ」

「肉だ肉！　牛肉も買ってきてバーベキューだバーベキュー！　こんちくしょう！」

フクとタマちゃんにあわせてヤケクソ気味に歓声をあげると、

「いや、今日は宇上《うがみ》嵐太《あらた》も瀬田《せた》福之介《ふくのすけ》もまだ病み上がり。放課後は早急に帰宅して体を休めるべきだ」

「一瞬で場を冷却するなよ、おまえ……」

白葉《しらは》は凍てついたような無表情のまま、かすかに首をかしげた。

もしかすると、「ハメをはずす」という概念を知らないのかもしれない。

不安はますます色濃く立ちこめ、暗雲めいた予感になりつつあった。

弐　マシュマロ天国vsきのこ地獄

白葉は部室から教室への道を、涼しい顔で歩んでいく。鞄《かばん》ふたつに刀一振りと荷物がかさばっていようと、しなやかな足取りには一寸の乱れもない。

もちろん鞄の片方は嵐太のスクールバッグだ。

（脚なげーなぁ）

嵐太は彼女の後ろ姿を眺め、その腰の高さに感嘆した。身長は女子平均よりやや高めだが、長い脚とスリムな体型が実際以上に背を高く見せている。

た凛々しく歩を進めるたびに、もっとも女性らしい部分が元気よく揺れる。

「なあ、重たくないか？」

「私も鍛《きた》えている。鞄がひとつ増えたぐらいでどうということもない」

卑猥《ひわい》な質問は勘違いで流された。

お堅い一方で鈍感。口うるさいところはあれど、外見的には非の打ち所のない美少女だ。嵐太の気分は心地よく充足していく。

（そうだ……満喫《まんきつ》しよう、青春を）

スタイルのいい美人と、距離がこんなにも近い。

体操術研究会もあとひとり会員を確保するだけで存続できる。

不安はあれど、青春は今まさに順風満帆《じゆんぷうまんぱん》——と、思えたのも一時のこと。

昇降口に近づき、生徒の姿が増えるにつれて、後悔の念が強まっていく。

「おい、なんだアレ……」

「岬白葉《みさきしらは》が、男子の鞄《かばん》を持ってる……？」

ひそひそ話は徐々に怒りと妬《ねた》みを交え、黒く染まっていく。

「あんな女顔が、なんで岬さんと」

「竹竿《たけざお》のくせに亭主関白《ていしゆかんぱく》気取りかよ……気にくわねぇ」

手のブラつきを腕組みで誤魔化《ごまか》しているのが、ただの尊大な態度に見えるらしい。

悪意、いや殺意じみた負の感情が周囲に渦巻いていく。

「……死ね」

壮絶に物騒なささやきが聞こえた。

「な、なあ、岬。やっぱり荷物は俺が」

「君は意外と遠慮深い性格なんだな」

白葉はくすりと口元をほころばせた。いつも厳格な少女にしては可愛らしい表情に、嵐太《あらた》は言葉に詰まって頬を赤らめてしまうが——

「む、顔が赤いな。体調が悪いのではないか？」

彼女が嵐太に顔を寄せ、額に手を当ててくると、いっそう周囲がどよめいた。

「平熱……のようだが、あまり無理はするな」

「お、押忍《おす》、ごっつぁんです」

彼女の手が離れてもひんやりした感触は額に余韻を残している。しばらく浸っていたい気分だが、周囲に渦巻く悪意の流れが許してくれない。

(本当に体調が悪くなりそうだ……)

生来の敏感体質のせいで、濃厚な殺意を嫌と言うほど感じ取ってしまう。

もしかすると、不用意に爆弾を抱えこんでしまったのではないだろうか？

そんな疑念は校門にたどりついたところで確信に変わる。

「貴ぃ様ァ、なんたる不埒者《ふらちもの》かぁ！」

顔中に血管を浮かべて凄《すご》んでくるのは、縞シャツのラガーマンだった。

先日の魔熊《まぐま》にも匹敵する体躯《たいく》が、鼻息荒く嵐太に迫り来る。

「いやしくも女顔の分際で女連れとは言語道断！」

「ンだと……採掘場で拾った岩みたいな顔してるからって、図に乗りやがって」

「図に乗るに決まっておるだろう！　この顔は幾多の敵とぶつかりつづけたラガーの誇りそのもの！　貴様のようなツルツルの女顔とはモノが違うわ！」

嵐太は言い返せなくてほぞを噛んだ。顔の歪《ゆが》みと傷は男の勲章。できるなら嵐太とて、ゴッゴツで傷だらけの男らしい顔になりたい。一度は走行中のトラックに顔面を差しだそうとしたこともあるが、事故で傷だらけになるなどお笑いぐさだと気づいて踏みとどまった。

「女を連れるなら相応の男気を身につけてからにせい！　いますぐ離別せぬなら、わが必殺の〈スクラムバスター〉でその竹竿《たけざお》ボディを粉微塵に粉砕してくれよう！」

ラガーマンは学生限定免許をちらつかせて哄笑《こうしょう》した。闘戯に応じる度胸などないと高をくくっての嘲《あざけ》りだろう。

だが、正面から闘士認定免許が差しだされると、岩石じみた顔が強張《こわば》る。

「闘戯ならば私が受けよう。彼は一身上の都合で闘戯を禁じられている」

白葉《しらは》は嵐太《あらた》をかばうように前に出た。

「ぬ、ぬう、卑怯な……！　女を盾にするなど！」

「盾ではなく、彼の手になろうとしているだけだ」

話が通じていない感もあるが、白葉の堂々たる態度には「なんとなくそういうものかもしれない」と思わせるだけの説得力がある。

ジャッジプラクターが話を聞きつけてくると、完全に闘戯の流れとなる。

「おい、岬《みさき》……いいのかよ、これで」

「問題ない。体格差で苦戦するかもしれないが、君のためにも絶対に負けない」

「あのさ、もうちょっと言い方というか」

「？」

「いや、小首をかしげられても。そうじゃなくて、俺は……」

まわりの嫉妬《しっと》と羨望《せんぼう》が悪意の激流となって、嵐太の神経をすり減らす。

「女に守ってもらってるのかよ、あいつ」

「いくら岬さんが強いからってなぁ」

「ああいうの、どうなんだ。男としてさ……」

なにより嵐太にとって耐えがたいのは、剥きだしの悪意よりも擁護《ようご》意見だ。

「やめとけ、あいつ本当に病弱なんだ。中三のとき、それで一年近く休学してたし」

「あ、もしかして高等部にダブリで進学したってヤツは」

「あの宇上《うがみ》だよ。アレであいつも苦労してんだ」

悪意に幾分の同情が含まれていく。

かわいそうなヤツだから。病弱なダブリだから――

そんな哀れみがいっそう耐えがたくて、はらわたが煮えくり返る。ストレスを溜めすぎるのも体によくないので、大声で鬱憤《うっぷん》を晴らすことにした。

「いやー、白葉みたいな美少女に身を呈《てい》して守ってもらえるなんて爽快だなぁ！　がんばれー、白葉！　モテない連中に俺とおまえの絆を見せつけてやってくれー！」

「応！」

「よっしゃー！　俺こと宇上嵐太《うがみあらた》と岬白葉《みさきしらは》チャンはベストカップルだー！」

「ん、カップル？」

「なんでもないから闘戯《とうぎ》に集中してくれ」

「応！」

同情の流れは断ち切られ、バターのようにべたつく殺意が充満した。

ジャッジプラクターが高らかに闘戯の開幕を告げる。

自分のために闘う少女の後ろ姿が、嵐太にはあまりにもまぶしかった。


校門でラガーマンをたやすく撃破すると、白葉は風紀委員室へ足を運んだ。

「これは私用だから、君まで付きあう必要はない」

「そう言われても、鞄《かばん》を持っていかれると不安だから……」

嵐太は言葉を濁した。

言えるはずがない。

鞄のなかにはエロ本が二冊、間に空手の技術書が挟まっているなどと。

(まずいな……ここで持ち物検査をされたら、俺は終わりだ)

エロ本はあくまでフェイク。闘戯もできない女顔がいっちょまえに入門書なんて読んでやがるぜ、などと言われるのが煩《わずら》わしくて、防壁に採用しただけだ。スケベ人間呼ばわりは、まあ甘んじて受けてもいい。年ごろの男がスケベでないはずがない。

そんな葛藤を白葉は知るよしもなく、風紀委員室のドアを開けた。

「失礼します」

入室するなり、彼女の姿が嵐太の視界から消える。

迅速な挙動で身を伏せたのだ。

膝をつき、手をつき、額すら床に擦りつけんばかりの体勢——土下座である。

「本日をもちまして、岬白葉は風紀委員を辞職させていただきます」

「え、あ、はい？」

風紀委員たちは戸惑いがちに少女の黒髪を見下ろした。

「就任より一週間もたずにこの始末、不義理千万の誹《そし》りはごもっとも。しかれども、やむにやまれぬ事情から、私はこの宇上嵐太の手となり、彼を支えることを学園生活の最優先事項にせねばなりません——ゆえに、風紀委員の職務をまっとうすることは不可能と判断し、このたび腕章を返上に参りました」

ポケットから風紀委員の腕章を取り出し、奥の男子生徒を見つめる。風紀委員長だろうか、神経質そうな眼鏡の男はしどろもどろになる。

「いや、あのべつに、そんな厳密な仕事じゃないから……適当に、なんていうか、休み休みやってくれてもいいんだけど」

「そのような半端な態度では風紀委員の皆様にも、この宇上嵐太《うがみあらた》にも迷惑がかかります。ゆえに、なにとぞご容赦を――!」

真剣そのものの視線に耐えきれず、風紀委員長は目を逸《そ》らす。

かわりに睨《にら》みつける先は、白葉《しらは》の後ろで立ちつくす嵐太。

――おまえ何やったんだよ?

責めるような目が風紀委員全員から飛んできて、嵐太の胃が痛くなった。

岬《みさき》白葉はいつだって真剣である。

嵐太の隣席の女子と担任教師に頭を下げて席を確保し、授業がはじまると机を寄せてくる。

板書ノートは甲斐甲斐しくもふたり分。

「あのさ」

「授業中の私語は厳禁」

睨まれたので、頬をかいて誤魔化《ごまか》そうとした。だが、ぷらんと垂れた手の甲で頬を撫でるだけに終わる。ささいな仕種も満足にいかず、歯がゆさを覚えた。

授業が終わるまで待ち、あらためて白葉に話しかける。

「おまえの分だけノート取って、俺のは後からコピーしてもいいんだぞ」

「……あ」

「思いつかなかったのか」

白葉はしばし考えこみ、やがて凛々《りり》しい眼差《まなざ》しを向けてくる。

「私は君の手のかわりだ。ここは書くべきだろう。できれば筆跡を真似たいところだが、そこまでの技能は持ちあわせていない……すまない、宇上嵐太」

「やっぱりおまえ……融通がぜんぜん利かないタイプだな」

「不器用ですまない」

彼女らしいと言えば彼女らしいが、問題はまわりの目だ。遠巻きにヒソヒソ話が散発している。こういう事態も不安のひとつだった。

憤懣《ふんまん》やるかたないとばかりに立ちあがる男子もいた。

「おい宇上、ずいぶんとお偉くなったもんだな。女を顎で使って王様気取りか？　そういうのは、このチャクリキ・マスター駒沢《こまざわ》を倒してからにしてもらおうか」

「その挑戦なら私が受けよう」

「えっ」

駒沢の挑戦はラガーマンの再現にしかならず、休み時間のうちに決着がついた。いつもどおり「愛刀に触れられたら敗北」というハンデをつけての快勝だ。

嵐太はいかにも反感めいた意識の流れを肌身に感じた。もちろん白葉に対してでなく、腕組みで居丈高《いたけだか》に観戦していた自分に対して。

(仕方ないだろ……無免で闘戯《とうぎ》できないし)

やむにやまれぬ事情とやらに押しつぶされる気分だ。

不自由な生活で、嵐太《あらた》の心理的重圧は普段以上に膨らみつつあった。

最大の誤算は昼休みに露呈《ろてい》した。

嵐太のスクールバッグからタマちゃんお手製の弁当を取り出すのは、もちろん白葉《しらは》である。

包みを解き、ふたを開くのも白葉。

箸を持てるのも白葉しかいない。

「い、いただきます……」

「いただきます。さあ、宇上《うがみ》嵐太。口を開けるんだ」

ずいっと白葉がソーセージを突き出してくる。

冷静に考えれば、手が使えなければこうなるのも当然だ。

わかってはいる、わかってはいるが——

「口を開けたまえ。あーんだ、あーん」

白葉がいつもどおり生真面目な顔で「あーん」と言うたび、教室に渦巻く憎悪のボルテージが加速度的に上昇していく。女子ですら「うわぁ」と気持ち悪そうな目で見てくるのだから、もうたまらない。

死ねる。そう思った。

「こ、ここ、この女顔が！　もう辛抱ならねぇ、勝負しろこんにゃろう！」

また例のごとく男子が憤然《ふんぜん》と立ちあがるが、

「相手なら私がしよう」

「またそれか！　じゃあ俺が勝ったら、俺にハイアーンしろ！」

気色ばんだ男子と白葉の闘戯は、一分とかからずに終了する。

そしてまた彼女は箸を手に取って、ハイ・アーンを強要しようとするが――

「……食べたのか？」

嵐太の弁当箱は空になっていた。

「イヤァ、お腹ガ空いてたカラネ？」

彼女が闘っているうちに、腕で弁当箱を支え、口だけで獣のように貪《むさぼ》り食った。それ以外に、気まずさに耐える方法が思いつかなかった。

じぃっと睨《にら》みつけられ、嵐太はたじろいだ。

「な、なんだよ」

「口元が汚れているだろう。ほら、ご飯粒がこんなに」

白葉は嵐太の口まわりから米粒をつまみとり、自分の口に運んだ。わずかに触れる指先がなめらかで、嵐太はぞくぞくと鳥肌すら立てた。

（なんだこれ……ハイ・アーンより恥ずかしくないか、これ）

本人が赤面するほどのシチュエーションである。傍目《はため》に見ていた者たちが嫉妬《しっと》に悶《もだ》え苦しみ、耐えかねた者が突っかかってくるのも、うべなるかな。

「も！　も、も、も！　もう許せぇーん！」

闘戯《とうぎ》を挑んできた男子は、またも白葉《しらは》にあっさり撃退されるのだった。

しかし――最大の誤算は、ハイ・アーンではない。

食後の闘戯が終わってすぐに、それは生じた。

ピリピリと電流じみた痺れが嵐太《あらた》の体の限定的部位を責めさいなむ。

（とうとうきちまったか……！）

耐えに耐えてきた衝動が、限界を越えて爆発しつつある。

解決策はただひとつ、だが――

「どうかしたのか？」

真顔の白葉が真横に待機して離れる気配もない。

彼女を巻きこむことだけは避けねばなるまい。でなければ、これまでの反感どころでなく悲劇的事態となるだろう。

「……岬《みさき》白葉、男にはやらねばならぬ使命がある」

「ほう、というと？」

興味深げに身を乗りだしてくる。

「言えぬ」

「言えぬ、と？」

「言えないんだ、しかしわかってほしい。女に言えぬ男だけの戦いもある。だから、どうか頼む。止めないでほしいんだ」

「わかった、止めない。私は君の手となり、その戦いの助けとなろう」

やはり口先で理解してくれる相手ではない。

となれば、卑劣な策を弄《ろう》するしかあるまい。

「あ、吉田が俺に闘戯申しこみたいってツラしてる」

「私が相手しよう」

白葉がキョトンとしている吉田に詰め寄った隙に、嵐太は駆け出した。

教室を飛び出し、廊下を疾駆《しっく》し、一直線に目的地を目指す。

走るのはタマちゃんからも禁じられているが、短距離なら何とかなるはず。多少の不調はあろうが、今回ばかりは例外的措置《そち》として理解してもらうほかない。

「待て、宇上《うがみ》嵐太！」

想定より数段はやく、白葉《しらは》が追いかけてくる。

・いかんせん嵐太《あらた》は中学以来、まともに走ったことがない。半端な速度では白葉の長い脚にじりじりと距離を詰められるだけだ。

「いけない、廊下は走ってはならない！」

「おまえこそ走ってるじゃないか！」

「風紀委員は取締においてのみ特例的に駆け足を許されている！」

「おまえ風紀委員やめただろ！」

「む、そうであった……！」

背後に声が迫ってきたとき、ようやく目的地が見えた。

嵐太はその空間に横っ飛びで滑りこむ。

「ふふん、ここまでは入ってこれまい！」

手洗い場の奥に立ち並ぶ白い陶製品——小便器。

男子便所である。

勝ち誇る暇もあれば、膀胱《ぼうこう》が破裂寸前の痛みを訴えかけてくる。

「漏れる……！」

個室へ飛びこむ。手が動かなくては粗相《そそう》があるかもしれないので、より安全性を求めて洋式便器を選んだのだが——

「追いついたぞ、宇上《うがみ》嵐太」

大股で、入りこんでくる。

岬《みさき》白葉が。

男子便所に。

「うおぉおおぉーい！　ちょっ、オマエ、ちょっ！」

「言ったはずだ、私は君の手になると」

「便所でなにするつもりだ！」

白葉は肩で個室に割りこんでくると、小首をかしげて視線を落とす。

白い洋式便器を見て、停止する。

真顔のまま、顔が紅潮していく。プルプルと全身が痙攣《けいれん》気味に震えた。

「……なぜ先に言ってくれない」

「なんで入るまえに気づかないんだよ！」

万が一にでも「シモの世話もするつもりだ」と言われてはたまらないので、彼女を欺《あざむ》く方向で動いたのが裏目に出た。ほかの男子が見あたらないのは不幸中の幸いか。

「私は、うう、私は……父様、母様、それでも一度は彼の手になると決めた以上、この恥辱もまた私の選んだこと……！」

「納得すんなよ！　出て行けよ！」

「し、しかし、廊下に人がいるかと思うと……」

直立姿勢でガチガチになった白葉《しらは》は妙に新鮮で、赤らんだ顔は扇情的《せんじょうてき》とすら言っていい。

だがそれを見て楽しむような余裕は嵐太《あらた》にはない。膀胱《ぼうこう》は導火線に火の点いたダイナマイト同然。

「じゃ、じゃあ後で俺が、ひとけのないタイミングを見計らってやるから……」

そこで、はたと不都合に気づく。

「ファ、ファスナーだけ降ろしてくれないか……?」

家ではゴム紐のズボンだったので、両腕を駆使して脱ぐこともできた。

しかし、ベルトとファスナーは指先の動きが不可欠。

予期しておくべきであった。タマちゃんの助けでこのズボンを穿《は》いた瞬間から、容易に想定できる試練だったはずだ。

「ファ、ファスナーとは……女性用のズボンとおなじ箇所でいいのだろうか」

「女性用のを穿いたことはないけど、たぶんいいんじゃないか」

「わ、わかった」

便器に尻を向けた嵐太の正面、息がかかるほど近くに白葉の端正な顔がある。

赤面のまま、震える手を股間に伸ばしてくる。

ちき、と金具がつままれた。

「父様、母様、お許しください……」

つうぅー、と白葉《しらは》の頬を透明な雫が落ちるのと時おなじくして、ファスナーがジィーと音を立てて降ろされる。うぐ、ぐ、と彼女の嗚咽《おえつ》が聞こえた。

（これは、俺が悪いのか……？　この状況は俺が悪いって言うのか）

女の子と狭い個室でふたりきり。しかも手は股間付近。

年ごろの男子なら興奮してしかるべきシチュエーションだが、罪悪感と尿意臨界でまったくそんな気分になれない。

「……よし、ここまでくれば大丈夫だから、岬《みさき》は目を閉じて耳を塞《ふさ》いでくれ」

白葉は真顔でぐずんと鼻をすすり、言われるまま目を閉じ耳を塞ぐ。

これで局部を見られることも、排泄《はいせつ》音を聞かれることもない。

あとは便座に腰を降ろして出すのみ――！

「あ」

しかし新たな誤算が立ちふさがる。

焦りすぎて、まだトランクスがあることを忘れていた。

自力で脱ぐことはゴムひものズボンと同様に不可能ではない。だが、それにはベルトを外してズボンを脱いでおくことが不可欠。

（くっそぉ……！　ファスナーじゃなくてベルトを頼めばよかった！）

膀胱《ぼうこう》破裂まであとわずか。もう余裕はない。

彼女の手を借りるべきだ。その白い手で股間を解放してもらうべきだ。

しかし――彼女の頬を伝う清らかな雫を見たとき、嵐太《あらた》は決意をしてしまった。

「俺がやるしかない……！　ああ、俺は男だ！」

できるかぎり前に腰を突き出す。ファスナーに内圧を与え、社会の窓をすこしでも大きく開き、トランクスをはみ出させるためだ。

そして両手首を股間にあてがい――

トランクスの端を――挟みこむ！

「ぬ、く、いまにも抜けそうだ……！」

挟みこんだのは、あくまで布の端、米粒程度の面積。

わずかな気の緩みですっぽ抜けるだろう。

「抜ける……あっ、いや、いける、いけるか……！」

「ど、どうした？　ずいぶんと時間がかかるものだな」

白葉はほんのすこし耳を開いた。

「大丈夫、もうちょっとなんだ。もうすこしでいけるから」

ここまできたら、ヘタに時間をかけるより一瞬で勝負を決めた方がいいだろう。

腰を思いきり振る勢いにあわせ、トランクスを一気に降ろす。

「ぬふんっ！」

手首が彼女の腰に当たってしまったらしい。

「きゃ！　な、なにを……？」

「ちょっと腰を振っただけだ……おお、出る、出るぞ！」

大気中に勝利の証が飛び出した。

すかさず便器に座り、手首で逸物《いちもつ》を押さえて先端を下に向ける。

解放の時がやってきた。


「あぁ……」


溜めこまれたものが流出するたび、快美の吐息が漏れ落ちる。

人はたぶん、この快楽を味わうために生きているのだろう。こんな気持ちを知ってしまっては、もう二度とトイレに足を向けて眠れない。

うっとりと目を閉じていると、ふいにガシリと肩をつかまれた。

「え、なに……？」

白葉《しらは》に問いかける間もあれば、

——ぽむにゅん。

顔面が柔らかな肉感に埋めつくされた。

「ふおッ、おふぅ……！　こ、これは……！」

制服に覆われながらも、左右しっかりと別々の塊であることがわかる、重量感たっぷりの皮下脂肪。乳房。ありていに言って、おっぱい。

彼女は前のめりになって嵐太《あらた》の肩をつかみ、おっぱいを押しつけてきている。

なぜ。なにゆえ、おっぱいを。

「す、すまない……」

白葉はハァハァと息を乱している。

「目と耳を塞《ふさ》いだ勢いで、息まで止めてしまっていた」

もしかすると、この少女は、あまり頭がよろしくないのではなかろうか。

(聞いたことがある……頭にいくべき栄養が胸に回るという話を)

脳の分まですこやかに育った双子肉は、顔をかたどるように深くひしゃげている。女子高生平均を大きく上まわるボリュームだ。それでいて張りも強く、まるで顔をマッサージするかのような反発があった。

嬉しいけれども、まずい。下腹のほうで危険のシグナルが鳴っている。

「あ、あの、岬《みさき》さん？　体、離したほうがいいんじゃないかな」

理性を振り絞ってはみたものの、

「ひゃんっ！　あっ、ダメだ、しゃべったらくすぐったい」

妙に艶《なま》めかしい声を返されてしまって、シグナルがさらに激しく警鐘を鳴らす。尿意から解放された股間は、青春のたぎりをたやすく反映してしまうのだ。

「み、岬《みさき》、頼む……これ以上は、ズボンが穿《は》けなくなってしまう」

「あンッ、だから声がっ、ああんっ、もう……！」

ぐっと肩が押され、反動で白葉《しらは》が体を起こした。

めくるめくマシュマロ天国が遠のいていく。

寂しいけれど、これでいいのだ――そう思ったのも束の間。

「……きのこ」

白葉の呟きは放心気味に抜けた声だった。

身を起こした拍子に開かれた目の真下に、狂おしく屹立《きつりつ》したきのこが一本。

視線がチクチク刺さってくる。嵐太《あらた》の敏感体質はもちろん股間にも及んでいるので、それはけっして錯覚ではない。チクチクの結果は、ムクムクである。

「あっ、きのっ、きののッ、きひッ……」

一瞬、白葉は呼吸を止めた直後、けたたましい悲鳴をあげた。

＊

その日の放課後、嵐太はさっそく音をあげた。

「もう無理だ……先生、なんとかこの手を治してくれ、頼む」

部室の長机に突っ伏してぼやく。

タマちゃんは嵐太の手にほの柔らかな頬を押しつけている。気の流れを肌でつぶさに感じとり、なにやらふむふむと唸《うな》っている。

「アラッチ、すごい噂になってるよ」

フクはニコニコと嫌味の感じられない嫌味な笑顔を浮かべている。

「トイレの個室に岬さんを連れこんで、腰を振るだの当たるだのイクだのなんだのと騒いだあげく、あの風紀委員の岬白葉を泣かせちゃったって」

「あいつもあいつで、泣きながら俺のことかばうもんだから……」

彼は悪くないと涙ながらに言い張る白葉が、よほどいじらしく見えたのだろう。白馬の騎士気取りの正義漢が嵐太に挑んできて、当のお姫さまに返り討ちに遭うという展開が立てつづけに三回も起こった。

見ているだけの嵐太に対する目は、シベリアの吹雪のように厳しい。

「フク……今後はおまえがシモの世話しろ」

「えっ、いやだよ？」

「ズボンとパンツずらすだけだから！　男同士なら冗談でそういうことするだろ！」

「トイレの個室ではヤだよ、さすがに」

こほん、と手元でタマちゃんが咳払いをする。

「なら――この中村環生斎《なかむらかんじょうさい》が……」

「余計に状況が悪くなるわ！」

「いまさら……家では世話してあげてるだろうに――」

「それもつらいんだよ！　お願いだから治してくれよ、頼むよぅ……」

つらいのはまわりの目だけではない。手が動かなければ、日常的で反射的な行動がいちいち空回りに終わる。それらが小さなストレスとなって蓄積されていく。気疲れと苛立《いらだ》ちで胃が痛くなりそうだ。

悲愴な空気の漂う部室のドアが、ふいに開かれた。

「中村先生、日課は終わりました」

白葉《しらは》は鞘つきの淡雪《あわゆき》をさんざん振るってきたらしく、白シャツに青ジャージの体操着がほのかに湿っていた。汗ばんだ頬も上気して、ちょっぴり色っぽい。

「よろしいのでしょうか、私はいつも通りの鍛錬《たんれん》内容で」

「しらーさんは、方向性がかっちり定まってるタイプだから……どん詰まりになるまで、そのまま積みあげたほうがいーね」

「わかりました。では委員をやめて空いた時間を稽古《けいこ》に当ててみます」

「んじゃ、俺もやらないとな……体操術ってやつを」

いつまでも腐っていても仕方ない。いつの日か闘戯《とうぎ》の舞台に立つときがくると信じて、今は自分に許された修練を積むばかりだ。

「あー、待ちんさい――あーたさん」

タマちゃんは嵐太《あらた》の手を引いた。

「しらーさんも……こちらに」

ふたりをドアの前に並べると、じっと見くらべる。

「つかぬことを聞くけど――トイレに行くとき、追いかけっこをしたと？」

「ああ、俺が逃げて岬《みさき》が追った」

「その後……あーたさんに、体の不調は？」

「不調なら……その……キノコが、とても大きく」

白葉の誤解を解くことも忘れ、嵐太は目を丸くしていた。

全力疾走は短距離であれ、〈流れ〉の暴走を招きかねない行為だ。多少の不具合は覚悟のうえであったが、その後の諸々が衝撃的すぎて完全に忘却していた。

「俺、もしかして……快復しかかってる？」

なぜ、突然？　理由はわからないが、にわかに興奮で体が熱くなる。

タマちゃんは頬にぷにりと指を立て、うーんと唸《うな》った。

「看《み》た感じでは……淡雪《あわゆき》の切り口から外に、気が漏れてるんよね——」

ごくり、と嵐太《あらた》は息を飲む。

「おそらく……暴走しがちな気の流れを体外に逃がし、体内を平静に保つ——そういった、怪《け》我《が》の功名《こうみょう》な有り様なんよね」

「つまり、淡雪に切られたおかげで、常人並みに動けるってことか！　その気になれば闘戯《とうぎ》だってできるってことか！」

さきほどまでの陰鬱な気分が吹き飛んだ。

闘戯ができるかもしれないというだけで、絶望がすべて希望に塗り変わる。

「それは早計だ、宇上《うがみ》嵐太。手が使えないのに闘戯は、いささか厳しい」

「なら蹴りでも頭突きでもやりゃあいいよ！」

「いや、あーたさん……闘戯はまだいかんよ。外からの干渉は、内からの暴走よりも——時によっては、危険な事態を、ごほんっ、引き起こす」

途中で喉の痛くなりそうな咳を混ぜられ、嵐太は言い返すタイミングを逸《いっ》した。

それでも充分だ。たとえ完全でなくとも、快復の兆しが見えただけで、嵐太にとっては歓喜すべき事態である。

「しらーさん——実を裂けば芽となし、虚《きょ》を断てば淡雪となす……だったかね？」

「ええ、淡雪に関する伝承ですね」

「実は形あるもの、虚は形なきもの――ぐらいの、にゅあんすかねぇ……斬ったものを変容させる力が、淡雪には、あると……ごほっ、ごほんッ」

しゃべりすぎたのか、タマちゃんはしばし咳きこみつづける。

ならば、今がチャンスだ。

嵐太はぎらりと目を輝かせ、その場で白葉《しらは》に身を向けた。

「斬れ、俺の体を斬りまくれ、岬《みさき》！」

「……なにをいきなり？」

「斬って斬って斬りまくって、もう全身から気がダダ漏れになるぐらいに！」

鼻息荒く詰め寄ると、白葉が圧倒されてのけ反《ぞ》る。

「いいんだ、斬ってもいいんだ……おまえだってそんな物騒なもん持ち歩いてるくらいだ。本当は使ってみたくてたまらないはずだ、その便利な妖刀を！」

言いつのるたびにのけ反っていった白葉だが、ふいにその目が、

――すぅ。

と、冷気を漂わせる。

もとから冷ややかなほど生真面目な白葉にしても、尋常でなく冷たい目つきだ。嵐太は逆に圧倒され、のしかかり気味だった姿勢を後方に戻した。

「私はこの淡雪《あわゆき》を封じるための鞘。妖刀を抜かずの刃とするために育てられ、そのために生きている。けっしてみだりに振るうことはない」

抑揚のすくない、突き放すような声。

どうやら彼女を怒らせてしまったらしい。胸がチクリと痛む。

「いや、斬れというのは語弊があった。抜かなくても、鞘で殴るだけでいい……そ、そうだ、殴ってくれ！　俺をそれで殴ってくれ！」

「はい、あーたさん――それまで」

嵐太《あらた》はタマちゃんに後ろ髪をつかまれ、部室の外に引きずり出された。

「しらーさんはフクさんと新入生勧誘へ」

「了解、タマちゃん先生」

「私は彼の世話をしなくてもいいのでしょうか」

「部活動のあいだは……顧問《こもん》のいうことに従いんさい」

タマちゃんが薄めた目で優しく凄《すご》むと、白葉《しらは》は素直に勧誘へと出向いていった。

彼女の横顔が、なぜかやけに遠く感じられる。

風紀委員として厳しい側面ばかりを覗かせていたときより、はるか遠く――動かない手では届かない場所まで離れてしまったかのようだった。

「環生流体操術——一の操流、はじめ」

命じられるまま、嵐太は部室前で体操をはじめた。

足を前後左右へ運びつつ、形のない重りを抱いて上半身を揺らしつづける。手の平の感覚はないが、腕全体で負荷を感じとる。思い浮かべるのは、木に抱きついて引っ張ったり、押しやったり、ねじったりするイメージ。

「あーたさんは……体のことで蔑まれるのも贔屓《ひいき》されるのも、イヤなんよね」

タマちゃんが呆れ気味に語りかけてくる。

「そりゃあな、ちょっと体が悪いだけで変な目で見られるのはイヤだ」

「そうやって、意識せざるをえないほど——自分の体に縛《いまし》められている」

「なにが言いたいんだよ、先生」

「……しらーさんも、縛められてる」

嵐太は思わず動きを止めかけた。

すかさずタマちゃんはぴしゃんと手を叩いて体操を続行させる。

「あの淡雪の校内への持ちこみについては……だいぶ揉めたんよ。危険物として排除したい学園側と——あの刀なくして白葉はないという、岬《みさき》家で……」

「なんだそりゃ。刀のほうが大事みたいな言い方じゃないか」

「生ける封印となり妖刀を守護するが——岬家の女児の役目……そんなしきたりに縛められ、

しらーさんは生きてきたんよ」

もはや語る必要なしと、タマちゃんは無言で体操を見守りだした。

嵐太《あらた》はようやく自分の過《あやま》ちに気づいた。

(好きで背負いこんだわけじゃないのにあんな言い方されたら、腹も立つよな)

無性に自分が情けなくて、腹立ちすら覚える。

やがて体操が一の操流から二、三と移り変わるころ、遠目に彼女の姿が見えた。ピンと伸ばされた背筋は見間違えようがない。

「おーい、岬《みさき》！　さっきは……」

謝罪の言葉が途中で止まったのは、彼女とフクの背後に、巨大な塊を見たからだ。

フクの背より高く、ふたり分の幅より広い、巨大なリュックサックを。

「見学希望者を連れてきたよ……二年の甲坂《こうさか》さんだ」

フクはコミカルなぐらい大げさなしかめっ面をしていた。

陶芸愛好会会長、甲坂美亜《みあ》――狂犬《きようけん》と呼ばれる高等部二年生。

予想外の訪問者に、嵐太は困惑するしかなかった。

美亜は半眼でキノコ模様のプレハブ小屋を見あげる。

「ふん、ボロっちい部室ね……しかもなによ、このダサさ」

「えっと……なんだよ、どういう心境の変化だよ」

「うっさいわね女顔。中に案内なさいよ」

仕方なく部室のドアを開いてやると、美亜は大股で中に踏みこんでいく。

がきゃんっと陶器の割れる音がした。

巨大なリュックサックが勢いよく引っかかっていた。

「……くすん」

「甲坂先輩、もっと素直に泣いても構いません」

「うっさい岬白葉《しらは》！　あんたなんかの同情はいらないわよ！　私の悲しみはこの子たちのためだけにあるんだからね！」

美亜は涙をぬぐい、部室の前にリュックを降ろした。その場で中から奇怪な造形物を取り出すと、誇らしげな顔で部室内の長机に置く。

「ご覧なさい！　これが私の血と汗の結晶──〈嘆きのセキレイ〉よ！」

それはなんとも言いがたいオーラを漂わせていた。

陶器であることはわかる。ナチュラルな土色を大事にした作品だろう。

しかしその形状は、びろびろした管がいくつも突き出した丸い塊で、

──人類絶滅のために遺伝子改造を受けたタコの怪物が、今まさに死にかけ。

という印象を嵐太に与える。

「感動したでしょ？　ならわかるわよね？　この部室、寄越《よこ》しなさい」

一方的に、美亜《みあ》は要求を述べてきた。

「そういえばフク、昨日のT1GP、ちゃんと録画しといてくれたか？」

「もちろんさ。見所はボーヒーズのハチェットキックだな」

「それなら私もチャンネルを変えるときに見かけたが……クルーガーのアイアンクローは目つぶしを狙っていなかったか？　あきらかに反則行為だと思うが——」

「無視ね、そうなの無視するのね」

美亜は平然ときびすを返し、外のリュックを漁りだす。

「いいわよ、まだ切り札はあるから。これを見たらアンタたちみんな、芸術のために部室を明け渡したくなるから」

どうやら新たな部室を求めて、この体操術研究会に目をつけたらしい。大荷物にあれだけ手こずっているのだから、置き場所ぐらいは確保したいのだろう。

「ご覧なさい、新時代の幕開け——〈いとしのセイレーン〉！」

美亜が自信たっぷりに披露するのは、

——左遷《させん》されて飲んだくれたサラリーマン閻魔大王。

という印象を受ける物体だった。

反応に困るので、内輪で天気の話に耽《ふけ》ってしまう。

「ふ、ふんっ、これだから芸術を解さない凡人は」

美亜は目に涙をいっぱい溜めて、それでも強がって口角をつり上げる。いっそう惨憺《さんたん》たる表情になっていることに、本人は気づいていない。

「嬢さん……部室は他を当たってくれんかね」

「ちびっこは黙ってなさいよ！　子どもにはわからない美だってあるんだから！」

あまりに独りよがりな美的感覚に、タマちゃんは憐憫《れんびん》の眼差しを向けていた。

あまりにも一方的な玉砕を気の毒に思ったか、白葉《しらは》が死にかけのタコ魔獣とサラリーマン闇魔大王を鑑賞しはじめる。

「私は審美眼というものは持ちあわせていないが……」

「ふ、ふん、期待なんかしてないわよ」

「こちらの爆発した人肉ケーキのような代物は、グロテスクさゆえの哀愁のようなものが感じられないでもない」

率直な感想すらも混沌としてくるほどに、その形状はすさまじい。

「一方で、こちらの……プランクトンの仮装をしたチンドン屋じみたものは、お祭りのバカ騒ぎ感というか、こう、陽気なものが迸《ほとばし》っている」

白葉はなんとか感想をまとめると、製作者の様子を窺《うかが》った。

物言わぬ彫像が、そこにある。

無言で凍りついた美亜の姿に、フクが苦笑する。

「今のはたぶんまずかったんじゃないかな」

「瀬田《せた》会長、まずい……とは？」

「だってそっち、人肉ケーキじゃなくてサイボーグ相撲取りでしょ？　こっちはチンドン屋じゃなくてヤクザの組体操」

「おお、なるほど合点がいった。やはり私は審美眼がないな」

ぽんと手を打つ音がスイッチとなり、美亜《みあ》が再起動する。

「セキレイとセイレーンだっつってんでしょうがあああああ！」

彼女は爆発した。耳まで真っ赤になった顔を獅子舞《ししまい》のごとく振りまわす。ツインテールの髪先が床や壁を叩きまくって、無闇矢鱈《むやみやたら》にリズミカルだ。

「なんでそういう感想になるかな！　なんで見たままに解釈できないのかな！　ひねくれた物言いがカッコイイお年頃ですか？　ああもうダサッ、そういうのが一番カッコワルイってわかんないの？　やっぱり人間ナチュラルライフが一番だし！　この花瓶とお皿だって自然の大切さを訴えるべく……！」

「む、花瓶と皿だったのか。申し訳ない、てっきりなにかの魔よけかと」

どこまでも率直なのが白葉《しらは》の美徳であり、欠点でもある。

美亜が爆発するのもやむなしと言ったところか。

「おおおおお表出なさいよ！　闘戯《とうぎ》で白黒つけてあげるわ！」

＊

体操術研究会の部室前に幾層もの人だかりができた。

多くの視線に見守られ、少女たちは凛然と対峙する。

〈麗刃《れいじん》〉岬《みさき》白葉。

そして〈狂犬《きょうけん》〉甲坂《こうさか》美亜。

「妙な流れになったな」

嵐太《あらた》が言ったのは野次馬のことでなく、両者の手にあるもののことだ。

白葉が毎度のごとく淡雪《あわゆき》を手にし、それに触れられることを敗北条件としている。

ただし今回は、美亜の手にも敗北条件がある。

なんとかセイレーン――彼女の作った皿らしき陶器だ。

「ハンデとかなめてんの？　それぐらい私だってあるっつーの！　これに触れられたら私の負けでいいっつーの！」

猛り狂った美亜の提案で、変則的なルール付けが決定したのだ。

「それでは学生闘戯アンタッチャブル戦――開始！」

白仮面のジャッジプラクターが宣言。

真っ先に美亜《みあ》が動きだす。

「うらアッ！」

無造作に踏みこんで、放つは掌底《しょうてい》。

シンプルに速い、が——見え見え《テレフォン》で直線的。

いつもの白葉《しらは》であれば、日本刀のように鋭いカウンターで切って落とす展開だ。

「む」

彼女は気むずかしげに唸《うな》り、半身で横に小さくかわした。

美亜の背中に回りこむ動きでもある。

「皿に触って終わらせるつもりかな」

フクの予想も虚《むな》しく、とん、とん、と白葉は前方にステップをし、美亜と行き違う。

ふたりは反転して、ふたたび向かいあった。

「フンッ、触りにきたら吹っ飛ばしてやったのに」

腹に一物ありという口ぶりで、美亜は舌打ちをする。その音もやまぬうちに、またも見え見えの直線的な掌底を放った。

白葉は半身《はんみ》でかわし、とん、とん、と前方にステップ——さきほどと同様。

「バカかアンタは！　二度も同じパターンで！」

美亜は膝の力を抜き、とんでもなく低く身を沈めた。

狙いは真下、地面。

手の平を大地に叩きつけた、その刹那《せつな》──ばおぅと砂煙が試合場を舞い包んだ。

「粘土を掘り出す過程で身につけた〈砂舞い〉よ！」

「なんと……！」

喫驚《きっきょう》した白葉の周囲も黄土色に包まれ、人影ひとつ浮かんでこない。

濃厚な砂のベールの内側で、たくみに蠢《うごめ》く〈流れ〉がある。嵐太《あらた》は思わず叫ばずにはいられなかった。

「後ろだ、岬《みさき》！」

白葉の背に双掌が当てられた──

陶芸愛好会会長・甲坂《こうさか》美亜に陶芸の才能は一切無い。

とことん、才能がない。あるのはただただ熱意だけ。

根っからの暴走気質のため、熱意のぶつけどころを間違えることが多々ある。

──甲坂美亜の一トン粘土手ゴネ事件。

粘土をこねるのは、焼成時《しょうせい》にひび割れの原因となる空気を押し出すためだ。

それを、彼女は一トンの塊に対しておこなった。

これてもこねても終わりが見えない、永遠とも思える作業を一心不乱におこない続け、すべての空気を粘土から追放したとき、その掌底《しょうてい》には類《たぐ》い希《まれ》なる力が宿った。

「破・空・掌ォオォオオ！」

どむんっと重たげな音が響き、砂煙が吹き飛ばされた。

ふたたび露わとなった闘戯場《とうぎ》に、両手を突き出した美亜《みあ》の姿がある。皿は、その頭に乗せられていた。

「くふっ、くくっ、くふふふふ……言っとくけど、刀をタッチして終わらせるつもりなんてないからね。やるからには、きちんとぶちのめす。そう決めてるの」

美亜は手を引き、獰猛な目で前方を見やった。

間合いから二歩離れた場所に、白葉《しらは》は立っている。美麗な髪が砂で汚れているが、外傷はなし。間一髪で飛び退き、直撃を避けたのである。

「一発の威力はあるようだけど、岬《みさき》さんに当てるには工夫が必要かな」

「逆に岬なら当てる手段はいくらでもあるだろうけど……」

フクと嵐太《あらた》が見入っている隣で、タマちゃんは苦笑いをしている。

「当てる気がないねぇ……これは」

「それは僕も気になってた。なにか狙いがあって手を出してないんだと思ったけど」

タマちゃんは額に親指を当て、なにかを見極めるように目を細める。

「たぶんしらーさん……ハンデを負った相手との闘戯は、はじめてじゃないかねぇ」

環生流体操術開祖の慧眼《けいがん》に嵐太とフクは唸《うな》った。

言われてみれば、白葉の動きには迷いが見向けられる。

相手のハンデが気になって攻めあぐねているといった様子だが――

――トンッ。

そのとき、嵐太の背中が押された。

偶然ぶつかったのではなく、その手の平から明確な悪意が伝わってきた。

とっさに振り向くと、朱色に染まった頭髪が目に入った。顔に張りついているのは、皮肉っぽいニヤつき。手の平から感じた悪意のままの表情だ。

「おっ、おい……！」

怒鳴る間もあれば、嵐太は勢いよくリングに突っこんでしまった。

なまじ身をよじったせいで、背中から思いきり地面に落ちる。

「おふッ、おっ」

衝撃で肺の息が吐きだされ――

見あげる空に、ふたつの天幕があった。

襞つきの薄布から、それぞれ二本の柱が伸びている。

天幕はスカートだ。柱は、脚。

「……まずいな」

天幕と柱のあいだの布が、まずい。

白葉《しらは》のほうは厚手の黒タイツのおかげでほんのり透けている程度だが、美亜《みあ》のほうはオーバーニーソックスなので白いものが丸見え。しかもレース入りのちょっと気合いの入った代物である。

「なひゃっ、はにゃらッ」

見られて混乱するぐらいなら、スパッツぐらい穿《は》けと言いたい。武格系のクラブに所属していないとはいえ、狂犬《きょうけん》呼ばわりされるほど喧嘩《けんか》っぱやいくせに。

動揺のためか、突き出された掌打の軌道が狂う。鋭さの欠片《かけら》もないへろへろの一撃は、かえって白葉の虚《きょ》を突くものだった。

「あっ……！」

美亜の手が淡雪《あわゆき》の鞘をかすめる。

「勝負あり──勝者、甲坂《こうさか》美亜！」

気の抜ける決着にブーイングが募《つの》る。不満の視線はもっぱら仕合を台無しにした闖入者に向けられていた。

嵐太《あらた》はばつの悪さを感じながらも、身を起こそうとした。しかし、地面に手をついた拍子に体が傾く。動かない手が、妙な角度で地面に押しつけられたらしい。

「大丈夫か？」

仰向《あおむ》けに倒れかけたところ、白葉が肩を支えてくれた。

彼女の顔を見ることができない。他人の闘戯《とうぎ》を邪魔するなど最低の行為だ。

「悪い……本当にすまん、せっかくの闘戯だったのに」

「かまわない、たかが闘戯だ」

白葉は素っ気なく答え、嵐太の手を引いて立ちあがらせた。そのあまりに執着を感じさせない態度に嵐太は眉をひそめ、甲坂美亜は目くじらを立てる。

「ちょっとアンタ、たかが闘戯ってなによ！」

「甲坂先輩との勝負を軽んじるつもりはなかったが……しかし、うむ。今の言い方ではたしかに失礼だった。申し訳ない、甲坂美亜先輩」

くるり、と白葉は美亜のほうに振り向いた。

そのとき起きたことは、彼我《ひが》の決定的な〈差〉に基づいた悲劇である。
四、五段階は違うであろう、胸の肉づき——至近距離であったために、豊かな肉峰は振り向きざま、美亜の手にある陶器の皿を跳ねとばしてしまった。
——ガキャンッ。

色気のない破砕音とともに、美亜の心と体の〈流れ〉は停止した。

野次馬たちは「あーあ」と苦笑いしている。

「……申し訳ございません、甲坂《こうさか》先輩。その、ヤクザの運動会？　弁償《べんしょう》します」

「セイレーンだっつってんでしょうがぁあぁあ！」

硬直中に溜めこまれていた美亜《みあ》の感情が爆発した。一直線に白葉《しらは》の胸を鷲づかみにするや、さきほど以上の喝采《かっさい》があがる。おもに男子から。

「はふんっ！　い、一体なにを……！」

「うっさいわ乳肥満！　私だってべつに小さくないのに、アンタのせいで小さく見えるでしょうがこのオッパイデブ！」

容赦なく揉んで捻ってこねまわせるのは、女同士の気軽さゆえか。

絶え間なく歪《ゆが》んでひしゃげて変形するのは、女体ゆえの柔らかささか。

男子からの歓声はさらに高まっていく。たとえ自分の手で触れていなくとも、女性の柔らかさというものは、ただそこにあるだけでエンターテインメントだ。

「あーたさん……目がやらしーねぇ」

「そりゃー俺も男の子だからな」

もちろん嵐太《あらた》も見た。ガン見した。網膜に焼き付けるつもりで、乳房というふたつの物体が十本の指で蹂躙《じゅうりん》される様をまじまじと。

「なによこの障害物！　邪魔じゃん！　超邪魔じゃん！　風紀乱しまくりじゃん！　まわりの迷惑をかえりみて縮まりなさいよ！」

「む、これが風紀を乱していると……それは貴重な意見だ」

白葉は理不尽な仕置きに不可解な納得を示す程度には生真面目だった。

コツン、とジャッジプラクターが美亜の頭を錫杖《しやくじよう》で叩く。

「甲坂美亜、教育的指導」

大人びた女性の声だ。白仮面とマントでわからなかったが、おそらく教師だろう。

「えっ、私？　これって私が悪いの？」

「かりにもおたがいに女の子でしょ？　慎みと思慮《しりよ》ってものがないとね」

美亜は下唇を突き出してふて腐れるも、しぶしぶうなずいて手を引く。

彼女の怒りもわからないではない。自作品を割られてしまったことはもちろん、勝負を蔑《ないがし》ろにされたことも耐えがたいだろう。おなじ立場なら嵐太とて激昂《げつこう》していたところだ。だからひとつ、提案を持ち出してみた。

「納得いかないなら、後日再戦ってことでどうだ」

「は？　なんでアンタが決めるわけ？」

「さっきのは俺が悪かった。岬《みさき》にとっても不測の事態だ。納得いかないなら、もう一回やればいい。さいわい怪我《けが》はないし、なにかを賭けた勝負でもなかったし」

「私はべつに、それでも構わないが」

ごく平静な白葉の態度に、美亜がギラリと凶暴な目をする。

「その余裕が気に食わないっつーの！　ちったぁ本気になりなさいよ！　なんなら、大事なもん賭けてもいいわよ！　アンタらの部室と私の身柄とかさ！」

ほとんど勢い任せのセリフだろうが、美亜《みあ》の提案は渡りに船だ。嵐太《あらた》はフクとタマちゃんに目配せをし、首肯が得られると身を乗りだした。

「おまえの身柄ってことは、うちの会に入るってことだな？」

「入ってやるっつーの！　いくらでも体操してやるっつーの！」

あとひとり会員が増えれば、定員割れはひとまず防げる。体操術研究会は存続できるのだ。

美亜にとっても話し合いより闘戯《とうぎ》で部室を手に入れるほうが、わかりやすくて好都合なのだろう。

両者の合意が取れると、美亜は割れた陶器をいとしげに拾い出した。

「ルールはまた後日、あらためて決めるわよ。今日はこの子の供養をしたいから」

彼女は陶器をリュックに詰めると、重苦しい背中を見せて歩み去った。

白葉《しらは》は難しい顔をしている。いつも通りかもしれない。

「私が……そんな大役を仰せつかっていいのだろうか」

「いいよいいよ、手っとり早いし」

「のびのび闘いんさい……そしたら、しらーさんが負けることは、まずないから――」

フクもタマちゃんも、してやったりという顔をしていた。

(すくなくとも……岬《みさき》が勝つ気で挑めば問題ないはずだ)

不安の種もある。彼女はなぜ、本気で美亜を切って捨てなかったのか。

次に本気で闘うという保証はあるのか。

――こいつ、もしかして闘戯が嫌いなんじゃないか？

そんな直感的な危惧《きぐ》と、もうひとつ。

(謝りそびれちまったなぁ)

そんな気まずさが嵐太の腹に溜めこまれるのだった。

＊

世話焼きも二日目になると堂に入ったものだ。

嵐太がボロアパートを出てすぐ、電柱前に見覚えのある美麗な姿勢が立っていた。

「おはよう、宇上《うがみ》嵐太」

「お、おぅ、おはよう……そこって岬の通学路だっけ？」

「いや、私は電車通学だが、君の荷物を運ぶために駅からやってきた」

最寄りの長手駅からこのアパートへの道筋は、学校と逆方向である。

「いちおう聞いておくけど、何時からそこに？」

「五時三〇分から。君の登校時間がわからなかったからな」

つまり二時間強は待っていた、と。律儀《りちぎ》などというものではない。

（ごめんなさい、その時間は爆睡してました）

そこまで気を遣われると、かえって申し訳なくて気が重い。

「では荷物をこちらに」

「いや、やっぱりこれぐらいは持たせてくれ」

「そういうわけには行かない。通学路で鞄《かばん》を落としでもしたら、今の君では拾うことも難しいだろう。さ、私に任せたまえ」

肩にかけていたスクールバッグをあっさりと奪われてしまった。先日、彼女の機嫌を損ねてしまったと思ったが、とくに気にした様子はない。

「あのさ、岬《みさき》」

「なんだ？」

「……いや、なんでもない」

ここで謝ってしまうと、朝から気が抜けてしまいそうな気がした。今日もまた、多くの視線と戦うことを考えれば、申し訳なくとも今は闘志をかきたてたい。

嵐太《あらた》は決死の覚悟で眠気と罪悪感を消し飛ばした。

だが——覚悟も虚《むな》しく、学園では凪《な》いだ海原のように穏やかな時間が流れた。

ジェラシーの視線は雨あられと降ってくるが、闘戯《とうぎ》を挑んでくる者はいない。嵐太でなく白《しら》葉《は》の手で返り討ちに遭うとわかり、だれもが慎重になっているのだろう。

（ちょっと気まずいけど……俺もだいぶ、慣れてきた）

最大の障害であるトイレは、白葉をなんとか説き伏せてフクに手伝ってもらうことになった。

フクは陽気な笑顔を失い、氷の表情になってしまったが。

安穏とした気分のまま迎えた昼休み、嵐太は一息ついて「よし」と呟いた。

昨日のことを謝罪しようと思った直後、新たな誤算が嵐太を襲った。

（謝るなら、このタイミングだな）

「あーたさん、おべんと」

タマちゃんが弁当箱を持ってやってきたのだ。

とて、とて、と歩いてきて、ぎゅむ、と抱きついてくる。

「やや乱れあり……両腕から漏れ落ちる〈気〉のため、か」

「なんで部室で待ってねーんすか。鞄に弁当が入ってない日は部室で食うって決めてるじゃねーすか……」

「病身をいたわったんよ」

そんな善意のはずがない。たぶんわざとだ。面白がってのことだ。

昨日まではまた違った反感が、教室におぞましい〈流れ〉を形成する。どぶ川に野生動物の腐乱死体が浮かんでいるような、ひどく吐き気がする雰囲気だ。

「今すぐ爆《は》ぜろ」

とのお言葉も頂戴《ちょうだい》した。

このクラスで中村環生斎《なかむらかんじようさい》の身分や年齢を知る者はごく少数だろう。彼女が特別講師として受け持つ授業は、プロ闘戯《とうぎ》志望者の武徳コースとジャッジプラクター専門の医審コースでのみ行われている。嵐太《あらた》たちのクラスは一般コースである。

「さーさ、食べんさい食べんさい……」

タマちゃんは嵐太の正面に座り、持参した弁当のエリンギを箸でつまむ。傍目《はため》には愛らしい初等部の女児が懐いているようにしか見えないだろう。

「うむ、早く治すためにもたくさん食べて栄養をつけるべきだな」

白葉《しらは》は右隣から、嵐太の弁当の白米を箸で捉《とら》える。

ずいっと、二人が箸を突き出してきた。

「あーん……あーたさん、あーん」

「口を開けたまえ。あーんだ、あーん」

すくなくともタマちゃんは確信的行動だ。目がうっすら嗤っている。

激昂《げっこう》して挑みかかる男子は、やはりひとりもいない。白葉が闘戯をしている隙に、犬食いで

弁当を平らげることが、できない。

（……覚悟は決めたはずだ、宇上嵐太《うがみあらた》）

朝の決意を思い出し、口を開いた。

「ア、アーン」

もうヤケクソだ。腕組みで情けない顔をしていたら、それこそなめられる。

さも旨そうに笑顔で咀嚼《そしゃく》。飲みこむ。

「イヤァ、幸せダナァ」

冷や汗が噴き出るが、冷静に考えれば幸せ以外の何物でもない。

白葉《しらは》は黒髪の似合う凛々《りり》しい美少女で、付け加えるなら胸もふくよか。

タマちゃんは年齢不詳だがほほ笑みの似合う美幼女。小さな体格も愛嬌《あいきょう》だ。

ハイ・アーン——男冥利に尽きるではないか。

「……募金おねがいしまーす」

ひどく陰鬱な声がした。

男子がどす黒い不気味な貯金箱を抱えて、教室を歩きまわっている。次々に硬貨が投げこまれていく。五百円玉を投入する者もいた。

なぜか、嵐太のそばにはやってこない。

「なんだあれ……募金の季節だっけ」

「ちょい待ちんさい……先生が見てこよう」

タマちゃんは募金箱を持った男子に駆けよっていった。彼の足下にしゃがみこみ、箱の底を覗きこむ。

ぶふっと吹き出した。

嵐太の隣に帰ってくると、うすら笑いでむせ返る。

「宇上嵐太コロス募金——と、ぶふっ、うふふっ、ごほッ、げほんっ」

「笑いごとかよ。むせるほど笑える話かよ」

「ごほんっ、失礼。では……はむっ、ぁーん」

あろうことか、タマちゃんは卵焼きを唇で挟んで顔を寄せてきた。

募金箱に紙幣が投入される。

「先生、俺、先生に恩義はあるけどさ、それでも一発殴らせてください」

嵐太が怒りに震える横で、ガタンッと激しく椅子が引かれた。

白葉もまた怒りに震えていた。

「注意してくる。私は無用に人を傷つけるような行為がどうにも許せないんだ」

「ちょっと待ってくれ。男としては、あの気持ちもわかるというか、他の男子がこういうことやってたら俺も募金してたかもしれないし……」

「あーひゃひゃん……ひゃまごやひ、あーん」

「しかし殺人をほのめかしているのだぞ。許せるわけがない」

白葉《しらは》はつかつかと募金の現場に踏みこんでいった。

一〇分に渡る叱責《しっせき》と説教の結果——

彼女は満足げにうなずいて帰ってきた。

「改名させてきた。今後は〈宇上嵐太《うがみあらた》を合法的に懲罰《ちょうばつ》する募金〉だ」

「実質なにも変わってないよそれ」

「あーひゃひゃん……ひょろひょろ、口が、疲れへひひゃ……」

こうして昼休みはつつがなくすぎていくのだった。


略称〈宇上募金〉は留まるところを知らない。

翌日になると複数の黒募金箱が校内を駆けめぐった。

硬貨と紙幣を次々に吸収し、嫉妬《しっと》と憎悪で肥えていく——悪意の塊だ。

そのプレッシャーは嵐太の心を硬直させ、謝罪の余裕すら奪った。

白葉に世話をされる学園生活も三日目が終了した。

放課後、部活動を終えて校門を出ると、嵐太は大きく息を吐いた。

「公開処刑されてるような気分だよ……」

憎悪の空間を脱出すると、重圧から解放されて本当に肩が軽くなる。

体質上の問題で、悪意の〈流れ〉を強く感じすぎれば、本当に体調が崩れかねない。面と向かって悪罵されたほうが、まだ対処のしようもあるのに。

さしものタマちゃんも煽《あお》ったことを後悔したらしく、

「すまんかったねぇ……膝枕貸してあげるから、存分に泣きんさい――」

などと教室で手を広げてきて、本当にブン殴ってやろうかと嵐太が憤《いきどお》る一幕もあったが、どうにか堪《た》えて迎えた解放の時だ。

「あまり気にしすぎないほうがいい。だれに憎まれようが、君は君だ」

憎まれている理由はおもに自分だと、白葉はまったく理解していない。

「とにかく帰ろう……今日は家でゆっくりする」

ため息の下校中、児童公園で気持ちのよいものを見かけた。

闘戯《とうぎ》もどき――小学生同士の児童闘戯である。

アクロバティックなローリングソバットがプロテクターの胴に突き刺さった。

こてんと相手が倒れ、ジャッジが勝敗を告げた。

「いい動きしやがる……あの思いきりの良さは、いい闘戯者になるぞ」

嵐太は歩調をゆるめ、目を糸にして子どもたちを眺めた。学園での不愉快な想いが泡になって消えていくような、心地よくも初々《ういうい》しい気分になる。

「君は児童闘戯《とうぎ》の経験はあるのか？」

「ああ、体質のことがわかったのは中学入学してからだしな。昔はこれでも、けっこう強かったんだぞ」

「もしや……今でもプロテクター有りなら闘戯ができるのでは？」

児童公園が見えなくなり、嵐太《あらた》はへの字口で肩をすくめた。

「わざわざ学生闘戯でプロテクター着用なんてしてたら、それこそお笑いぐさだよ。グローブだってバカにされることがあるんだぞ」

「私としては、無為《むい》に危険な仕合をするよりは、安全に技術を高められるプロテクターとグローブの着用を闘戯全体に推奨《すいしょう》すべきだと思うのだが」

「そりゃ意味がねぇよ。防具を利用した闘い方が前提になっちまう」

嵐太はプラプラの手を顔のまえに小さく構えて見せる。

「ボクシングにこういう構えあるだろ。グローブの防御面積を利用して、顔の間近で相手の攻撃をブロックするんだけど、あくまでこれはグローブ前提の技術だ」

次に嵐太は両手を前方へスライドさせ、やや背をのけ反《ぞ》らした。

「昔のベアナックル・ボクシングでは、こう構えてたらしい。空手の構えに近いけど、素手の防御面積なら攻撃が顔に近づくまえに撃ち落とすほうが安全なんだ。ついでに手の甲を相手に向けておけば、まっすぐ突き出すだけで、ねじりが入って威力が増……」

蕩々と語っていたが、はたと気づいてうつむく。

「……と、本に書いてました」

顔が熱くなる。ひどく恥ずかしい語りだったと思えてならない。知識ばかりの頭でっかちは、女顔や竹竿呼《たけざお》ばわりとおなじぐらい馬鹿にされるものだ。

「ふむ、面白い話だった。学園ではあまり真面目に授業を受けていない印象だったが、闘戯のことはよく勉強しているようだな」

「上っ面の知識だよ。実際に闘って確かめたわけじゃない」

「それはそれ、これはこれだ。知識があって困ることはない」

ありがたいフォローだが、冷静すぎるとも感じられた。まるで他人事のように一歩引いた意見を口先で言っている――という印象は、あまりに穿《うが》ちすぎだろうか。

先日の危惧《きぐ》がふたたび蘇る。

――こいつ、もしかして闘戯が嫌いなんじゃないか？

（いや、嫌いというか……どうでもよさげというか）

あえて言えば、無関心。白葉《しらは》の態度にはそんな気配が漂っていた。

「おまえって……」

問いかけようとしたのは、ちょうど空き地のそばを通りかかったときだ。

パァンッ、と爆竹じみた音が炸裂する。

空き地から学生服の男が、もうもうと白煙を立てて吹っ飛ばされてきた。舞い散る赤い液体が、嵐太《あらた》の顔面をしたたかに打ちつける。

「うわっ、血かよ……」

その男は顔から白煙と血を噴き出して、背中から歩道に落ちた。

さきほどの児童闘戯《とうぎ》とは比べものにならない血なまぐささ――本物の闘戯だ。

「勝者、ハゼ！」

ジャッジプラクターは空き地で勝利を告げると、素早く敗者に駆けよる。意識は確認できない。顔から流血しているが、脈拍も呼吸も異常なし。それぐらいは嵐太も見てわかる。あとは脳の異常や傷の応急処置がプラクターの役目だ。

ハゼなる勝者は十人ほどの観客から喝采《かっさい》を浴び、口元を勝利に歪《ゆが》めていた。

「ワリぃな、汚しちまって」

瞳の小さい凶暴な目で、血にまみれた嵐太の顔を見つめてくる。

「構わねぇよ、いい勝負だったんだろ？」

観客の盛りあがりを見れば、面白い勝負だったことは想像がつく。対戦相手の吹っ飛びようや不可解な白煙からして、相当な「決め技」を持っているのだろう。

だが、興奮や羨望《せんぼう》よりも先に警戒心が湧いた。

（こいつは……もしかして）

猿神の制服に包まれた体は縦に長い。背が高く、手足が長く、朱色に染めた髪が目立つ。あまり真面目そうには見えない男子だ。

「おまえ、どこかで会わなかったか」

「こないだの校門だろ。おまえら二人とも正座して、ちょっと面白かった」

「宇上《うがみ》嵐太が遅刻をして、説教をしろと自分から正座をしたときのことだな」

「ふぅん、あのときの……」

ハゼは懐疑《かいぎ》の眼差《まなざ》しを気にもとめず、観客のひとりに長い腕を突き出した。相手が取り出した数枚の千円札を乱暴にもぎとる。

白葉《しらは》はそれを冷たい目で見とがめた。

「待て、その金銭はどのような理由で発生したものか」

「カツアゲでもなんでもねぇよ。ただ、そこのを潰してくれって依頼があって、俺が爆殺して報酬を頂戴《ちょうだい》した、それだけだ」

「代理闘戯……いや、潰し屋というものか」

「闘戯自体は合意のもとだぜ？　法律にも校則にも反しちゃいねぇ」

ハゼは悠々と近づいてくると、千円札を一枚だけ嵐太のポケットに突っこんだ。

「悪かったな、洗顔代とクリーニング代だ」

「べつにいらねぇよ」

嵐太《あらた》は突き返そうと思ったが、動かない手をポケットに差しこむことは意外と難しい。学生服をこすることしかできない。

「もらっとけよ。あぶねぇこととおもしれぇことは、だいたい金になんだ。おまえらはおもしれぇからな……宇上《うがみ》嵐太、岬白葉《みさきしらは》」

ハゼは皮肉っぽいニヤつきを残して立ち去っていく。その頭は、どの角度から陽射しを受けてもやはり朱色。なにかの勘違いでなければ、白葉と美亜《みあ》の仕合を見ているときに突き飛ばしてきた男も、朱色頭のニヤついた男だった。

「ハゼ……か」

「宇上嵐太、とりあえず顔を拭こう」

白葉はハンカチを取り出し、嵐太の顔を拭きだした。さいわいにも空き地にいた観客たちは姿を消し、残されたのはジャッジと気絶した敗者だけなので、嵐太はそれを素直に受け入れた。

学園で重圧にさらされていたときと違い、彼女の気遣いがやけに心地よい。

「あのさ……」

自然と口が開いた。学園では切り出せずにいたことが、立て板に水を流すようにつるりと出てくる。

「一昨日、すまなかった」

「なにがだ?」

「おまえのこと、なにも知らないのに、淡雪《あわゆき》で人斬りたいだろうみたいなこと言っちまって、本当に……なんつーか、ごめん」

白葉は手を止めて、まじまじと嵐太を見つめてきた。

「君は……普通に謝ることができる人間だったのだな」

「なんだよそれ。俺のこと、意地でも謝らないタイプだと思ってたのか？」

「いや、謝ってもひねくれているというか……偏屈《へんくつ》だと思っていた」

「おまえに偏屈呼ばわりとか、けっこう傷つくな……」

嵐太は照れ隠しにそっぽを向くと、晒《さら》した頬がハンカチで拭われた。その手つきは静かで優しく、怒りや恨みは感じられない。

「あのときは私もすこし腹が立ったが、すぐに忘れた。その程度のことだ。君が引きずる必要はない」

「そうか……そのハンカチ、洗って返すよ」

しかし白葉は自信ありげにたわわな胸を張り、

「心配するな、こんなこともあろうかとハンカチは一〇〇枚ほど用意してある」

「ティッシュにしたほうがいいと思うぞ、それは」

彼女が間の抜けたことを言ってくれたおかげで、恥ずかしい空気から逃れることができた。

思わずこぼれる嘆息は苦笑まじりだが、重苦しさの欠片《かけら》もない。むしろ楽しげで軽妙な吐息だったかもしれない。

そんなふたりを、目を覚ました闘戯《とうぎ》の敗者が静かに睨《にら》みつけていた。

彼の感情もまた金銭にこめられ、黒募金箱に投入されていく――

＊

翌朝、嵐太《あらた》は校門を抜けてすぐ、ちょっとした人だかりに足止めを食らった。

「闘戯掲示板、か」

「なにか面白い闘戯予定でもあるのかな」

嵐太はうずうずする気分を抑えきれず、そちらに引きよせられた。

闘戯掲示板には学園内の闘戯に関する様々な情報が張り出されている。なかでも目玉は、生徒たちによる闘戯予定の宣伝だ。

「もしかして、四天王あたりが闘《や》りあうのかな。たしか〈人間シュレッダー〉マサムネが去年から引きつづき連勝中だろ？」

「その話は私も聞き及んでいる。たしか二九連勝だ」

「だから三十連勝記念にどでかいイベントやると思うんだけど……うち、小遣い少ないからいい席取れないんだよなぁ」

闘戯を有料イベントとしてチケットを売り出すことは、校則でも認められている。ただし、学内施設を会場として用いるには使用料が必要になるので、闘戯掲示板で大々的に宣伝して集客するのが常だ。

「立ち見なら一〇〇円だしプロの試合ほど高くはないけど……それでも最前列で五〇〇円は厳しいよなぁ。前借りでもするかなぁ」

「君は本当に闘戯が好きなんだな」

「そりゃおまえ、男の子だから」

平均身長に届かない嵐太にとって、立ち見席は視界不明瞭の可能性がある。なにせ闘戯好きにはガタイの大きな闘戯者が多い。人混みの先の掲示板を見るのも同様だ。

ぴょこぴょこと跳びはね、巨漢の肩越しに掲示板を見やった。

——ざわり。

不気味なざわめきが起こったかと思えば、すぐに沈黙が広がった。

嵐太の前に立ちふさがる肉の壁がきれいに割れて、掲示板までの道が開かれる。

「なんだよ、いきなり」

嫌な〈流れ〉だ。警戒しつつも掲示板を見あげる。

とりわけ目立つのは、一メートル四方のわら半紙。上半分に、ポップな装飾つきで書かれて

いる文字列は、

陶芸愛好会　ＶＳ　体操術研究会
陶芸愛好会――甲坂美亜《こうさかみあ》、スマッシャー魔熊《まぐま》、ハゼ。
体操術研究会――岬白葉《みさきしらは》、他。

期日は存外に遠く、およそ二週間後の四月末日。

場所は旧第三格技場。メジャー武格系クラブの闘戯《とうぎ》にも使われる場所だ。

「三対三の団体戦……闘戯者の変更は可、ただし会員にかぎる、だとさ」

「いくらなんでも不当すぎる。私はともかく瀬田《せた》会長は左腕が使えないし、君は免許がないから闘戯には出られない。こんな仕合設定は無効だ」

白葉はわら半紙を剥がそうと掲示板に手を伸ばした。

「あーあ、また女にかばってもらうわけか」

だれかの嘲《あざけ》りが聞こえた。

まわりの男子がニヤニヤといやらしく笑っている。

「仮免許ぐらい申請したらすぐ取れるだろ？」

「やってみろよ、〈女顔〉」

「おいおいやめとけよ、〈竹竿《たけざお》〉にゃ荷が重すぎるだろ」

耳障りな笑い声が嵐太《あらた》の頭を沸騰《ふっとう》させる。

黒募金箱の使い道が理解できた。おそらくはフクを求める武格系と手を組み、ふたりの潰し屋を同好会同士の闘いに投入してきたのだろう。

先日、嵐太を突き飛ばして白葉と美亜の勝負をご破算《はさん》にしたのも、あるいは——

そう考えても、嵐太は自分を抑えきれなかった。

「岬、剥がすな」

嵐太はわら半紙を剥がそうとする白葉の腕を叩いた。

「しかしこのままでは……」

「おまえらの勝負をぶち壊したのも、再戦を提案したのも俺だ。多少ムチャなルールを押しつけられても、おまえに害が及ばないかぎり甘んじて受けるべきだ」

「だからと言って、免許なしでの闘戯は認められない」

「そこはなんとかすりゃいいんだ……ああそうだ、説得して免許取得してやらぁ」

渡りに船と思えばいい。もともと闘戯がしたくてたまらなかったのだ。

中学時代、耐えがたい屈辱に耐えつづけた。中三のころには体質も改善され、免許を取れるかもしれないと期待していたのに、気の流れが爆発して一年近く休学。おかげで、また長々と耐えさせられた。これ以上、耐えられるものではない。

「いいか見てろ、おまえら！」

嵐太《あらた》は雄々《おお》しく怒号《どごう》をあげた。

「俺の学生闘戯《とうぎ》デビューは華々しい勝利で飾ってやる！　おまえらの吠え面を指さして笑ってやるから覚悟しとけ！」

「はぁ？　おまえが負けるの確定なんですけど？」

「そうだそうだ、無様に叩きのめされて愛想尽かされちまえ！」

「まーけーろ！　まーけーろ！」

「わーかーれろ！　わーかーれろ！」

「うるっせぇバーカ！　嫉妬《しっと》する男はみっともねぇんだよバーカ！　あいにく俺と白葉《しらは》はラブラブだからな、もうお嫁さんまで一直線だよバーカ！！」

売り言葉に買い言葉で口喧嘩《くちげんか》をしていると、白葉に襟首《えりくび》をつかまれて引きずられた。

彼女は眉間を揉みこみ、困惑のため息をこぼす。

「なんというか──こういう事態は、想定していなかった。どうしよう」

その頬はほのかに赤らんでいたかもしれない。

部室に入って事情を説明するや、嵐太はその場で土下座をした。

「頼む、先生！　俺に免許を取らせてくれ！」

土下座は協力な示威《じい》行為である。白葉がその身をもって教えてくれたことを、嵐太は全身全霊で実践した。

思春期ゆえの無謀さで、尊厳《そんげん》をかなぐり捨てるように、額を床に擦りつける。

「なにとぞ、お願いします！」

「しかし宇上《うがみ》嵐太、なにも君や瀬田《せた》会長が闘わなくてもいいのではないか？」

白葉がとなりに膝をついてたしなめる。

「なんならこちらも、臨時会員として助っ人を雇えばいい」

「いやー岬《みさき》さん、助っ人はそれこそ無意味だよ」

フクは深刻ぶるでもなく気軽に笑っている。

「ハゼと魔熊《まぐま》はどっちも名の知れた潰し屋だ。多少の金で動くような助っ人を持ってきても、太刀打ちできる相手じゃあないよ」

潰し屋――現代日本の学校制度に巣くう魑魅魍魎《ちみもうりょう》である。

報酬を受けとって同好会を潰し、貴重な人材を武格系に解放する。手段はもっぱら闘戯。ゆえにその実力は、武格系クラブの平均を大きく上まわるという。

「いいんだよ、細けぇことは！　俺が闘戯をやりゃあ済む話じゃねぇか！　だから、な！　中村環生斎《なかむらかんじょうさい》先生、お願いします！」

「そだねぇ……月末なら、頃合いかもねぇ」

渋る言葉もなく許可が出て、嵐太《あらた》は状況を把握《はあく》しそこねた。

「……え、なに？」

「仮免許なら……取っても構いませんよ——という話ね」

「いいの？」

「淡雪《あわゆき》の切り口のこともあるし……体内の〈流れ〉もずいぶんと安定してきた。二週間かけてじっくり仕上げれば——ガチガチに闘戯《とうぎ》しても大丈夫かもしれん、ね」

タマちゃんは綿のように柔らかくほほ笑み、ポンポンと嵐太の頭を優しく叩いた。

「一年……いや四年間よーくがんばったねぇ、あーたさん」

空回りの戸惑いが歓喜に塗りかえられていく。

臓腑《ぞうふ》が燃えあがるような感覚に、嵐太は雄叫びをあげた。

「いよぉっしゃあああああ！　よっしゃ、よしゃっ、うぉおっしゃあああぁ！」

天を仰いで握り拳を振りあげ、言葉にならない咆吼《ほうこう》でプレハブ小屋を震わせる。

ついに自分は男になれる——人並みの、ごく普通の男に。

羨望《せんぼう》の眼差《まなざ》しでほかの男子を見あげることはもうない。格闘雑誌だって堂々と買ってやろう。これを読んで闘戯に勝つと胸を張れるのだ。

「ふふっ、ぬふふふッ、この女顔だって闘戯で殴られまくられてりゃ、そのうち岩のような漢顔《おとこがお》になるさ……ああそうだ、獣にしか見えないような暴力的顔面になって、夜の街を堂々闊歩してやらぁ！　ふへへへははははあッ！」

「あーたさん、自分から顔打たせるのだけはやめんさいね……」

「そもそも、あまり喜んでもいられる事態でもないのではないか」

白葉《しらは》は細顎に手を当て、思案《しあん》げにしている。

「決闘の期日は四月末――ちょうど体操術研究会のタイムリミットだ。勝てばいいが、負ければ廃部。それに……相手が、いささか厄介だ」

「まあまあ、今は水差さないでやってよ」

フクは嵐太の喜ぶ姿にみずからも相好を崩していた。

「アラッチは四年間も溜めこんできたんだ。しかも一年留年したせいで、ただでさえなじめないクラスで闘戯の話にも混じれなくてさ……」

「そうだな……たしかにクラスでも、彼には友達があまりいないと感じていた。この部室にくると口数が多くなるあたり、瀬田《せた》会長ぐらいしか交友関係が」

「岬《みさき》さん、マジでそういう言い方は可哀想だからやめてあげて」

幸いにもテンションが最高潮に達している嵐太の耳には届いていない。踊り狂わんばかりに立ちあがり、タマちゃんの小さな手を取る。

「それで、なにをすれば仕上がるんだ？　なんだってやり遂げてみせるから、なんでも言ってくれ先生！」

ミニマムサイズの女顧問《こもん》は優しい微笑みで嵐太《あらた》を見あげる。

愛らしい唇を開き、かすれ声で告げるのは、いささか想像の斜め上のことだった。

「山ごもり——しようかい」

＊

シャワーヘッドから熱いしぶきが降り注ぐ。

頭皮の脂がそれだけで溶けていくような心地よさに、思わずため息が漏れる。

「はぁ……明日から合宿とは」

岬白葉《みさきしらは》は湯煙に包まれ、明日からの生活に想いを馳《は》せた。

タマちゃんの提案により、体操術研究会は合宿として山ごもりをすることになった。ただし会長のフクのみ居残り。彼の腕は安静にしておくのが快癒《かいゆ》の近道だという。

「しょんぼり闘戯《とうぎ》にならんよう——しらーさんは心構えを、ね……」

小さな顧問はそう指摘し、白葉の参加を促《うなが》した。

厳しい両親には反対されるかと思いきや、意外にも簡単に許可が取れた。どうやら中村環《なかむらかん》生斎《じょうさい》の名を知っているらしく、彼女に任せれば安心だとお墨付きをくれた。

「山は元来、神の領域――身を清めなければ」

髪と体を丹念に洗っていく。

鴉の濡れ羽色の髪も、やや鋭い形に整った顔も、すらりと長い手足も、なんでこんなに重苦しいのか理解しがたい胸も、一片の汚れすら残さない。

「世話をしていると、距離が近くなってしまう……体臭には気をつけねば」

独り言が小声になるにつれ、体を洗う手が乱雑になっていく。

手がこわばっている。緊張のあまり、体がうまく動かない。

「私と、中村先生と、宇上《うがみ》嵐太……三人だけか……」

ぷる、ぷる、と体が震えだす。

やがてこぼれた声は、クラスメイトが聞いたこともない弱気なものだった。

「どうしよう……」

真っ赤に赤面。ぐるぐると目がまわる。

あわあわと口は無意味に開閉する。

「先生がいるとはいえ、男の人と泊まりがけなんて、どうしよう」

風紀に照らしあわせて危険ではないだろうか。

否。顧問の管理下であれば、男女の合同合宿は校則において認められている。つまるところ、男女同衾《どうきん》すら問題なし。

「とはいえ、私も彼も年ごろなわけで、なにかの拍子に過《あやま》ちを犯してしまう可能性すらあるのではないか……なんせ男と女が一緒に寝泊まりするわけだから……しかも私は彼の面倒を見ないといけないから、付きっきりで、すごくそばにいるから大変な」

ついに白葉《しらは》は頭を抱えて「あぁぁー！」と喚《わめ》いた。

「だいたい私は……彼の気持ちに、どう答えるべきかもわからないのに！」

まさか彼が、そこまで自分に期待しているとは思わなかったのだ。

——俺と白葉はラブラブだからな、もうお嫁さんまで一直線だよ！

大勢のまえで、そんなことまで言っていた。

「彼の手になるとは言ったが……まさか、あのように解釈していたなんて」

たしかに年ごろの男女としては距離が近すぎたかもしれない。

傍目《はため》には、夫を支える妻のように甲斐甲斐《かいがい》しく見えたかもしれない。

だとしたら、彼を誤解させたのは自分の過ちだ。これはただの世話であって、好意にもとづいたスキンシップではないと伝えるべきだ。

「しかし、突然そんなことを言われたら、彼も傷つくのではないだろうか……体操術研究会の存亡がかかっている時期に、気勢を削ぐようなことは避けたい……だが私は、ああ私は、ううう、私はいったいどうすれば……」

どれほどお堅く見えても、やはり年ごろの娘。異性への意識もゼロではない。

ただ表に出ることなく、溜めこまれてきただけだ。

すでに白葉はいっぱいいっぱいなのである。

「だいたい私は、彼のことなんて……」

と、言いかけて首をかしげた。鏡にはひどく間の抜けた呆け顔が映る。

「……私は、彼のことを、どう思っているのだろう」

今さらの疑問だが、これまで考えたこともなかった。

クラスメイト。同好会の仲間。手となって助けるべき相手。

「……生徒として真面目とは言いがたい。宿題もちょくちょく忘れるし、授業中に居眠りをしていることもある。遅刻は、このあいだの一回だけ」

関係性や客観的評価は別にして、ただ心の有りようにもとづけば、いったい彼にどのような感情を抱いているのだろうか。シャワーを浴びながら考えこむ。

「ひとりの人間として……彼のことを……」

彼の中性的な童顔《どうがん》を思い浮かべてみる。ややひねた表情で、世をすねているような素振りもあるが――時々、はっとするほどに、真剣だ。闘戯《とうぎ》への憧れと焦燥に歯噛《はが》みをするときの、悔しげな顔には、それでもけっして諦めない気骨が窺《うかが》える。

そして、闘戯ができるとなったときは、幼いほどに率直な歓喜に染まっていた。

「熱い、な」

そう形容するのがもっともふさわしく思えた。

嫌な気はしない。むしろシャワーのように心地よい熱さだ。

「どうやら……彼のことは、嫌いではないらしい」

そう結論づけるや、
とくん。

豊かな胸の奥でなにかが弾んだ。

まずい、と反射的に思った。

「この感じ……なんだか、なぜだか、なんだろう……なんだ、これは」

直感が告げている。この状態で彼と山ごもりは、たぶんまずいと。

山のなかで一日中一緒。荷物運びや食事はもちろん、寝起きからトイレまで。

なによりも、風呂が――

「……あ」

白葉《しらは》は凍りつき、一瞬の溜めを作ってから、

「あぁああぁッ、おふッ、ふおおぉおッ、おふふふおおおおッ！」

前代未聞の絶叫をあげるのだった。

参　間白山《ましろやま》の怪異

猿神学園《さるかみがくえん》において、潰し屋の歴史は二十年に及ぶ。

闘戯《とうぎ》において非凡な才を持つ者が非武格系のクラブ活動に走ることは、闘戯専門校ならぬ一般校ではままある問題だ。闘戯で人材を奪いとるにしろ、万が一にでも大手武格系が敗北しようものなら面子が保てない。

「そこで俺たちのような汚れ役が必要となるわけだ。条件次第でクラブだろうが同好会だろうが個人だろうが、闘戯で潰す——実際はもうちょっと手広くやってるがな」

職員通用口につづく廊下は薄暗く手狭で、ハゼのやや高い声がよく響く。

「前金はすでに依頼者から頂戴《ちようだい》している。俺らは依頼どおりおまえたち陶芸愛好会に協力し、体操術研究会を爆殺する」

スリムに引き締まった体型は、となりのスマッシャー魔熊《まぐま》と好対照だ。

ふたりの潰し屋を、美亜《みあ》は胡散臭《うさんくさ》そうに見あげていた。

「アンタらの仕事なんてべつにどうでもいいわよ。それよりも、一時的にでもわが陶芸愛好会に籍を置いた以上は……どうよ」

甲坂《こうさか》美亜は廊下に自作の陶器を並べ、自信ありげに手の平で示す。

地獄絵図を思わせる光景に、潰し屋たちは目を逸《そ》らした。

「……土いじりに興味はないな」

「うが、うが」

「これだから美を解さないボンクラどもは……」

「美なら大体理解している。うちの姉さんが美人だからな、爆発的に」

甲坂美亜《こうさかみあ》はやぶにらみで潰し屋コンビを見あげた。

「どうも信用できないのよね……ひーちゃんの提案だから、いちおう手は組むけど」

「部室のためにも、背に腹は変えられんだろう？　おまえ一人で確実に勝てるアテなどない。

陶芸愛好会で戦力になる爆弾がおまえの他にいるか？」

「は？　べつに私ひとりでも充分だっつーの。つーか爆爆うざいんですけど」

ハゼは楽しくて仕方ないというように、ククッと喉奥であざ笑う。

「だいたいさ、小耳に挟んだけど……魔熊《まぐま》、瀬田《せた》の腕へシ折ったんだって？」

「うがっ、うがっ」

「それダメじゃん。瀬田をべつの部に引き渡すのに、傷物にしてどうすんのよ」

「うが……」

魔熊は申し訳なさそうに畏縮《いしゅく》した。

「こいつは頭に血がのぼると爆発しちまうだけだ、おまえと同じようにな。プロレス部もそれが理由で追い出された。なんせ台本どおりに動けない」

「なに暴れ馬気取ってんのよ。あの女顔に一発でやられたくせに」

「うが……」

ますます魔熊は畏縮した。

その腹をハゼが手の甲で打つ。タイヤを叩いたような音が鳴った。

「みぞおちを覆い隠すほど発達した腹筋を、瀬田は一発で撃ち抜いた。あのコンビネーションを食らって立っていられる生徒が、この学園に何人いるか……」

瀬田福之介《ふくのすけ》が潰し屋のターゲットになったのは、彼の才能を惜しいと見る者が多数いる証拠だ。魔熊との勝負にしても、最後の詰めをしくじっただけと言っていい。

「でも魔熊よりあんたのほうが強いんじゃないの？」

「俺はこいつと五回やってるが、三敗爆死だ」

「なによそれ……偉そうにしてるくせに弱いとか舐めてんの？」

「ウェイトにこうまで差があるとな、く、く」

ハゼは喉を鳴らし、目元に手を当て視線を隠す。

「おまえは状況を理解しているか？　瀬田が攻め崩せなかった魔熊を、宇上《うがみ》は一発で爆殺した。それがなにを意味しているのか……」

ハゼは手を口にずらし、く、く、とすすり泣くように笑い、そして――

思案《しあん》げな仕種で、額に手を当てた。

「……どうしたものかな」

「なによそれ！　なによそれ！　本当にアテにならないわねアンタら！　いいわよ、もう！　いざとなったら私が三人ともぶちのめしてやるから！」

美亜《みあ》は陶器をリュックにしまい、憤然《ふんぜん》と立ち去った。

通用口前に取り残され、なおもハゼは笑う。

く、く、く——喉奥の痙攣《けいれん》じみた笑い声はふいに、弾けて哄笑《こうしょう》となる。

「クははハはッ！　急いては事をし損じる——せっかちな姉さんは嫌いな言葉だが、クハッ、俺は慎重に爆《は》ぜるタイプだ……！」

心底から楽しいと言うように、ハゼは身を揺らす。その揺れはやがて軽快なステップに変わっていく。両手をあげ、壁と向きあい、拳をゆるく握る。

次の瞬間、狭苦しい空間にパンッと炸裂音が響いた。

「二週間で鍛《きた》えなおすぞ、魔熊《まぐま》！　そして標的を、完膚無きまでに爆ぜて散らす！」

「うがぁ！」

「だが今日は姉さんに買い物を頼まれてる。特訓は明日からだ、魔熊」

「うが……が！」

獣の眼光をたたえながら、潰し屋たちは歩きだす。

ふたりが姿を消したのちに残されたのは、壁に走った巨大な亀裂だけだった。

＊

パンッ！

ノートパソコンのスピーカーが炸裂音が鳴らす。

フルスクリーンの動画内に白煙が巻き起こっている。闘戯者《とうぎ》は後方に数メートルも吹っ飛ばされ、そのまま昏倒。ジャッジプラクターが決着を告げた。

「……これが長谷川朱郎《はせがわしゆろう》、ハゼの闘戯だ。闘戯協会の公式ライブラリからダウンロードできたんだけど、どうかな」

フクは動画プレイヤーを停止させた。私物のノートパソコンから部室内の一同に視線を移し、手の平で反応を促《うなが》す。

「……最後の突きが爆発したように見えた」

白葉《しらは》が神妙な面持ちで言い、フクが苦笑いでうなずく。

「ハゼの十八番、パームド・クラッカー。コンクリの塊も粉砕するらしいよ」

トリックではなく、正真正銘、打撃に爆発がともなう。そういった異能者は希少であっても、存在していること自体は驚愕に値しない。

「……鬼骨《きこつ》、とわしらは呼んどるね」

タマちゃんは小さな指先で空中にぐるぐると螺旋を描いた。

「気の流れには、いくつかの中継点がある……経穴、チャクラ、呼び方はなんでもいいけど、鉄道の駅みたいなもんだと思いんさい――ごほんっ」

喉のいがらっぽさに咳払いをして、続ける。

「その駅がちょいとばかり不可思議な動きや形をしてるもんで、流れに影響が出て――たとえば炎をあげたり、爆発を起こしたり……流れに敏感な体質を作りあげたり」

「そういった異能の源を、鬼骨と呼ぶと？」

「そゆことだねぇ……」

似たような話はこれまで体操術研究会で何度もくり返されてきた。今回は新人の白葉《しらは》のために、あらためて解説しているわけである。

「でもさ、問題はパームド・クラッカーだけじゃないよ」

「うむ、基本スタイルはボクシングのようだが、かなり機敏なアウトボクサーと見た。あの拳速と足捌《あしさば》き、生半にかわしきれるものではない」

一同の視線が一点に集中した。

かれこれ三十分ほど環生流体操をつづけ、すっかり汗まみれの女顔に。

「聞いとんのかい……あーたさん？」

「おう、聞いてる聞いてる聞いてます！　潰し屋のハゼ、強敵だ！」

嵐太《あらた》はニコニコと笑って、腕を重たげにゆっくりと上下させた。手首から先に力が入らないが、大木に抱きついて引っこ抜くイメージで腕に負荷を与える。

この負荷が自分を闘戯《とうぎ》に導いてくれる。目的意識にリアリティがあると、退屈で単調なトレーニングも心地よい。

「君では荷が重い。瀬田《せた》先輩に頼んだほうが賢明だろう」

白葉の冷静な助言も、昂揚《こうよう》した嵐太に水を差すにはいたらない。

「ん、まあそりゃそうだな。今の俺じゃ一発当てる間もなく、一方的にボコボコにされるだけかもな。そう——今の俺じゃあ、な」

「二週間でそこまで変われるか疑問だが……」

「変わるさ……男子三日会わざれば刮目《かつもく》して見よってな。つまり二週間あれば四倍刮目だ。四倍だぞ、俺が四人いるようなもんだぞ。実質的にリンチだよこれは！」

「そうか……すごいな、それは……」

白葉は圧倒されて言葉を濁す。呆れているように見えなくも、ない。

「僕もできれば、ハゼはアラッチに任せたいかな。魔熊《まぐま》にね、リベンジしたいんだ」

「わかってるなぁフク！　やっぱり男はそうでなくちゃあな！」

血気盛んな男子にくらべて、白葉の顔は渋い。自分より会に思い入れがあるはずの二人がこの有り様では、会の存亡を賭けた闘いに不安を感じるのもやむなしだろう。

「しらーさん、不安もわかるけど……顧問《こもん》権限で決めちゃあ、ダメかい？」

タマちゃんはそっと白葉《しらは》の肩を叩いた。無表情でも柔和《にゅうわ》な印象が強い童顔《どうがん》だが、目の奥には有無を言わせぬものがある。

「……みなが良しと言うなら、私から申しあげることはありません」

「なら甲坂美亜《こうさかみあ》の相手はしらーさん。魔熊《まぐま》の相手はフクさん。そして、ハゼはあーたさん……という指標で今日からの山ごもり――がんばっちゃうんよ」

パンッと彼女が手を叩くと、嵐太《あらた》が雄叫びをあげて応じる。

フクを除いた三人は荷物を抱えて、さっそく出発することにした。

生徒組は一年生用の青ジャージ姿で、嵐太はファスナーを首まで閉める。

顧問のタマちゃんはパーカーにレギンス。足下はなぜか下駄。

「じゃ、がんばってね。僕は僕で、ふふ、頑張っちゃうよ」

会長のラテン系スマイルに送り出され、目指すは間白山《ましろやま》。

部室裏の金網を越えて、雑木林を十メートルほど進めば地面に傾斜がかかる。

かたわらの立て札に「間白山登山コース」の文字があった。

「はい……入山なので、気合いを入れるように」

「なんでもいいから早く行こう！　特訓だ特訓、マッチョになるんだ！」

嵐太が薄い体で背負ったリュックは、甲坂美亜ほどではないがパンパンに膨らんでいる。白葉は自分が運ぶべきだと主張したが、今回ばかりはタマちゃんが止めた。重荷を背負うのも修行のうちだから、ほかのことを手助けしてやってほしいと。

「あんまり浮かれんほうがいいよ……間白山には、化生《けしょう》が蠢《うごめ》くからねぇ」

目的地への道のりは苦難の連続となった。

上り下りをくり返し、登山コースを外れて獣道をゆき、猪に追いかけられることもあった。休憩を挟んでの数時間程度で、平坦な道を一日中歩いたように疲弊《ひへい》する。

極めつけに、巨壁のごとき岩肌が立ちふさがった。

「ほぼ地面と垂直じゃないかコレ……」

さしもの嵐太も当初の気勢を失い、げっそりと呟いた。

「だが、これが障害だとすれば行くしかあるまい……」

ふたりは喉の渇きをツバで潤《うるお》し、棒のような脚で岩壁に一歩、近づいた。

「ほいほい、ちょいと待ちんさいね――」

タマちゃんはガシッと嵐太に抱きつき、気の流れを確かめた。

「うん、全然平気……これぐらいで乱れるような鍛《きた》えかた、しとらんしね――」

満足げにうなずくと、軽々と岩壁に飛びついた。小さな手と下駄を履いた足でホイホイと、ましらのごとく登りきる。

「ここを越えたらもうちょいなんよ……ふぁいと！」

上から一本のロープが垂らされてきた。

どうしたものかと嵐太《あらた》が考えているうちに、白葉《しらは》はすばやく行動を起こした。まず自分の胴にロープを結び、余った分を嵐太の胴に括りつける。

「私がロープをたぐりながら登っていこう。君はついてくるだけでいい」

「待てよ、そりゃちょっとおまえ、重たすぎるだろう」

「おそらくは問題ない。完全な垂直ではなく多少の傾斜がある」

真摯《しんし》に役目を果たそうとする白葉に、嵐太はなにも言うことができなかった。ほかに解決策が思いつくわけでもなく、ただ彼女を頼るばかりだ。

「今さら遠慮するな。私は、その、トイレの世話までしたことがあるんだから」

「そ、それは一回だけだから！」

「うむ……とにかく、登ろう」

岩壁踏破にはおよそ三十分かかった。

白葉は最後に嵐太の手を取って引っ張りあげると、がっくりとへたりこんだ。普段使うことのない筋肉を使えば、人は簡単に疲れはてる。

「す、すまない……しばらく歩ける気がしない」

「は、はは、俺もだよ岬《みさき》……意外にキッツイな、岩登り」

嵐太とて、ただ引っ張られていただけではない。白葉の負担を減らすため、足裏を岩肌に張りつけて重量を分散させるのに心血を注いだ。人に〈流れ〉があるように、大地にも岩にも〈流れ〉がある。〈流れ〉を感じ、足が滑らないよう慎重に接触させる。それを一歩ずつ着実に行うのは、存外に神経を使う作業だった。

「先生、ここらで小休止ってわけにはいかないかな」

呼びかけてもかすれ声は返ってこない。見慣れた白髪頭がどこにもない。

木々の狭間にポツンと山小屋があるばかりだ。

すぐそばの立て札には——猿神学園《さるかみがくえん》学生寮間白山《ましろやま》第五分館。

「ゴールまでもうすこし……がんばりんさい」

山小屋のドアを開けてタマちゃんが顔を出せば、香ばしい匂いが漂う。

食欲をそそるバターとしょう油の芳香だ。

白葉が生唾を飲めば、ふたりの腹が鳴き声をあげる。

「道すがら集めてたキノコのホイル焼きだろうな。先生の得意料理だ」

「保存用の牡丹肉もあるんよ——」

疲弊《ひへい》した若者にとって、肉ほど食欲をそそるものはない。

動かないはずの脚がバネのように躍動した。

＊

山小屋では盛りだくさんの昼食がふたりを歓迎してくれた。

タラとキノコ類のホイル焼き。イノシシ肉の薫製《くんせい》をジャガイモとタマネギと一緒にフライパンで炒めたもの。山菜サラダ。そして一杯の玄米。

「基本は玄米……白米は、麦と混ぜて週に三回——明日の夜をお楽しみに」

三人は食欲のまま貪《むさぼ》り食った。ただし修行の一環として、椅子なしに立ったままである。脚がガクガクするが贅沢《ぜいたく》は言ってられない。そもそも嵐太《あらた》は白葉《しらは》とタマちゃんにハイ・アーンで食べさせられている身。すでに贅沢も極まっている。

「おいしいかい？」

タマちゃんはうっすら目を細めて、ふたりの食べっぷりを下から見守っていた。

「へい、うめぇッス」

「器用なものですね。小さい体で不都合などは……」

白葉は言いかけて、への字口で口ごもる。怒っているようにも見えるが、彼女なりに失言を恥じているのだろう。

「べつに気を遣わんでも構わんよ。人より小さくて困ることもあれば、恵まれていることもある……不足を補《おぎな》うすべにしろ、いくらでもあるからねぇ」

タマちゃんは箸を器用にあつかい、米粒をつまんで見せた。

「道具を使う――他者に手を借りる――積みあげて克服する――」

「山ごもりも不足を補うためってわけか」

「そだねぇ……あーたさんもしらーさんも、姿勢がスコーンと抜けてるんよねぇ」

「姿勢、とは……構えのことですか、中村《なかむら》先生？」

白葉の問いに、タマちゃんはかぶりを振る。

「英語で、すたいるとでも――言えばいいんかい？　どんな風に闘って、どんな風に勝つか……闘い方、戦術、見立てってもんがね」

「そういうのは臨機応変に闘うのがいいんじゃないのか？」

「たしかに、理想は変幻自在の水――つかみどころなく、時に板をも穿《うが》つ、水」

タマちゃんは茶碗のお茶を一口含み、唇を窄めてプッと吹いた。射出された水流は嵐太の耳のすぐ横を通り、背後の壁に針ほどの穴を穿つ。

「――けれど、もしこのお茶……口にも茶碗にも入れず、床に、ぶちまければ？」

「染みこんで消えるか、蒸発して消えるだけ、か」

「そゆこと……応変するためにも、ひとまず一定の形は必要」

ずず、とタマちゃんはまた茶をすする。

「でもそれなら、岬《みさき》はカウンター主体で闘ってた印象があるんだけど」

「それは、ハンデ——があればの話じゃあないかい、しらーさん？」

む、と白葉《しらは》は唸《うな》る。どうやら図星らしい。

普段から一方的にハンデを負って闘うことに、彼女は慣れすぎている。同等のハンデを相手が負ったとき、どう攻めていいのかわからなくなるほどに。

（なんでそこまでハンデにこだわるんだろう）

嵐太《あらた》としてはもうすこし突っこんで話を聞きたかったが、タマちゃんによってあっさりと流れが変えられてしまう。

「問題はあーたさんだねぇ……」

「おう、俺か。まあ俺は四年間、体操ばっかりしてたし」

とりあえず最低限の筋肉はついている。ゆるやかな体操であっても、自分で自分に負荷をかけてきたのが功を奏した。だが格闘のために積みあげたわけでも、研ぎ澄まされたわけでもない。ガラス細工の工芸品のようなものだ。

「二週間であれこれ仕込めるはずもなし……腕の治療は基礎鍛錬《たんれん》に含めるとして、あとはせいぜい、ひとつかふたつ——一石二鳥の一点突破が、理想なんよねぇ」

「なにか良いアイデアでもあるんスか？」

「さあ……どうかねぇ」

にゅへ、とタマちゃんは頬を緩めた。なんとなく嫌な流れを感じたが、しばし昼食を味わうのに夢中になって話が途切れる。

やがてテーブルの上が一掃されると、満腹で微睡《まどろ》みが訪れた。

「はい、ちゅうもーく——これから、夕食の食材を取ってきてもらいます……」

タマちゃんは手を打ち鳴らして覚醒《かくせい》を促《うなが》した。

自分が食べるものを自分で集める、それもまた大きな流れを知るための修行——などと言われたら、逆らえるはずもない。ふたりは眠気を抱えたまま山小屋を出た。

「今日はただ——山の生活に慣れることだけを考えんさい」

ふたりは食事で緩んだ気を引き締め、山の奥へと踏みこんだ。

嵐太は手が使えないので籠《かご》を背負った。白葉には採集を任せる。

指示された方向は、山小屋の裏。よじ登ってきた岩壁とは逆方向だ。昼食を食べたのが午後二時ごろなので、山道はまだまだ木漏れ日で明るい。

踏みならされた一本道を、迷うこともなく進んでいく。

「宇上《うがみ》嵐太、ひとつ訊きたいことがあるのだが」

「なんだ？」

白葉はしばし沈黙で言葉を選び、やがて口にした。

「中村《なかむら》先生の格闘スタイルは、一体どのようなものなのだろう」

はじめての闘戯《とうぎ》に目がくらんで、ひどくシンプルな疑問を見逃していた。

環生流体操術は健康体操とマッサージ術の技術体系だ。武術でも格闘技でもない。しかも創始者からして、見た目は華奢《きゃしゃ》なお子様である。

「自信満々だから指導はできる、と思う……たぶん」

「その点は心配していない。中村先生は武徳コースで特別講師を務めている。特別講師は闘戯に関わる技術を指導できる者に限られるはずだ」

「でも、あの体格だぞ？」

「たしかに小兵もいいところだが……しかし、本人に闘う力がなくとも、やはり特別講師をしているからには指導自体はできる、はず……」

白葉《しらは》の言葉からも自信が薄れていく。

大丈夫かな、と不安を口にすることもはばかられ、無言で山道を進んだ。

状況が変わったのは、目の前に沼が現れたときのことだ。

「……これはつまり、そういうことだよな」

「間違いなく、そういうことだろうな」

バスケットコートほどの広さの沼に、無数の杭が突きたてられている。杭の先端は平べったく、足を乗せて渡ることもできなくはなさそうだ。

「よっしゃ、やったろうじゃないか。先にいくぞ、岬《みさき》」

手近な杭をつま先で蹴ってみたが、揺れる様子もない。

片足で踏んでみて、体重を乗せても、安定している。

さらにもう一方の足で踏んでみても問題ない。

杭と杭の間隔は最大でも大股未満。悠々と歩いていく。

「ははんっ、アスレチックみたいなもんだ」

「あ、宇上嵐太《うがみあらた》！」

白葉の呼びかけと同時に、右の方から異様な流れを感じた。

高速でなにかが飛んでくる。

とっさにバックステップをしようとした、が——もし踏み違えたら、という危惧《きぐ》に硬直してしまう。ざくりと頭に刺さった。剣山のようなものが、深々と。

「いぃッてえぇ……！」

全方位に針を突き出したそれは、払おうとした手にざっくりと食いついて頭から離れる。手の感覚がなくなっていなければ、痛みに悶絶《もんぜつ》していたところだ。

「イガグリかよ……！　栗の季節じゃあるまいし、どっから持ってきたんだよ！」

投げつけられた方向を見る。てっきり小柄な白髪頭があるかと思いきや、木陰の暗がりにいるものは、身の丈二メートルはある何物かであった。

笠をかぶったようなシルエットで、イガグリを投げつけるフォームは流麗の一言。

「はやく渡れ、宇上嵐太《うがみあらた》！　このままでは全身イガグるぞ！」

「ちょ、ちょっと待てこん畜生！」

上体を反らしてひとつ避け、一歩進んでまたひとつ避ける。

さらに三つめは、太腿を狙ってきた。

「危ない！」

白葉《しらは》がイガグリをはたき落とそうと淡雪《あわゆき》を伸ばしてくる。

「邪魔すんな！」

嵐太の怒声にびくりと淡雪が震え、イガグリが跳ねあげられた。

ざっくりと、嵐太の顔面に刺さる。痛みに背がのけ反《ぞ》り、バランスが崩れたところで、追い打ちのイガグリを脇腹に受けた。苦悶《くもん》しながら、沼に落ちる。

「……すまない、宇上嵐太」

手を差し伸べてくる白葉に、イガグリは飛んでこない。

「いい、自分で登れる」

沼は普通に足がつく深さで、岸も近い。地面に肘をついて身を乗り出せば、抜け出すことは難しくもない。ふてくされたのは、白葉のお節介《せっかい》に腹が立ったからだ。

「あのさ、岬《みさき》」

登りきって話しかけようとしたが、声にならない。そこに圧倒的な光景があった。

半透けの、丸い双子岳があった。

白葉のシャツがぴったりと張りついて、うっすらと肌色を透かしている。おそらくは嵐太が沼に落ちたときの水しぶきが原因だろう。

（高一でそれは奮発しすぎだろうオイ）

と感じざるをえない大玉に、白い下着のラインもくっきり浮かんでいる。

「どうした？　はやく渡らないとまたイガグリを投げられてしまうぞ？」

木陰のほうから攻撃的な流れが漂ってくることはない。あくまで沼を渡ろうとしたときの妨害行為に徹するのだろう。

なので嵐太は、眼前のふくよかな重力塊に目を惹かれるばかりだ。

「……あっ」

ようやく気づいたのか、白葉は赤面して重力発生部位を腕で隠した。ただ、隠そうという意識が強すぎて、胸を押しつぶして柔らかな変形を見せつけることになる。

「君は……自分の体と闘戯《とうぎ》については、もっと真摯《しんし》な人間だと思っていた」

白葉は赤面で飛び出し、杭から杭へと八艘飛《はっそうと》びを披露した。投擲《とうてき》されたイガグリをたやすく振りきって、向こう岸に到達する。

「先に行く」

「ちょ、ちょっと待てよ！」

慌てて嵐太《あらた》も沼の杭へ踏みこんだ。そこから十発ほどのイガグリを身に受け、三回ほど沼に落ちて、ようやく渡りきる。

なお、行く先には同様の沼がふたつ待っている。

試練はまだはじまったばかりなのだ。


「間白山《ましろやま》には、化生《けしょう》が蠢《うごめ》く——中村《なかむら》先生はそう言っていたな」

白葉《しらは》はキノコ採集の帰り道、嵐太には目も向けずに呟いた。

往復六回の沼越えを果たして無傷の彼女にくらべ、嵐太はいたるところに浅手の傷を負っている。しゃべる気力はない。

「キノコ人間、いったい何者なんだ」

たしかにイガグリを投げつけてきたシルエットは、人としてすこしばかり不自然な形をしていた。だからと言って、嵐太はそれを化生やＵＭＡと言う気もない。

（どう見ても着ぐるみだったし……）

作り物めいた質感をしていたし、サイズからして中に人が入れることも一目瞭然《いちもくりょうぜん》。

すべてタマちゃんの仕込みだとたら、なおさら笠頭の正体はどうでもいい。

沼渡りはおそらく、体捌《たいさば》きと反射神経を鍛《きた》える訓練だろう。ハゼのフットワークと拳速に対応するには、なくてはならないものである。

「いちおう……先生も、ちゃんと考えてくれてんだな」

傷だらけなうえに、白葉《しらは》にはそっぽを向かれているが、ほんのすこし足取りが軽い。すこしずつでも目標に向けて前進している感は、なにより心を奮起する。

——ここで俺は腕を治して、強くなるんだ。

山々の深い陰影が、心なしか彩り豊かに見えた。

＊

キノコ採集後は、予想外に座学《ざがく》の時間となった。

ノートPC経由でテレビに再生されたのは、ふたりのクラスの授業風景である。

「実技科目以外はこなすように——というお言葉を、学年主任さんからね」

本日撮影したばかりの動画をメモリーカードに保存し、伝書鳩で届けてもらったのだという。

なお、ノートパソコンの操作は嵐太《あらた》が指示して白葉が実行した。

疲弊《ひへい》した体に、画面越しの授業風景というのは、おそろしく眠たい。睡魔に屈して船を漕ぐと、半開きの窓からイガグリが飛んでくる地獄のような時間だった。

その間、白葉は我関せずで授業に集中していた。

数時間に渡る授業が終わると、日課の体操をこなす。

指定された場所は普段と違い、踏みならされていないデコボコの地面だ。

「よーく感じんさい……重さと重心と、体軸を」

山においては、どこもかしこも傾斜があって、すこし動くだけで普段と違う筋肉を酷使する。

バランスが揺らぐと、自分の重さや重心を意識せざるをえない。

つまり、山ごもりにおいてはすべての行為が体重移動の肥やしになるのだ。

殴るにしろ蹴るにしろ、体重移動は威力に深く関わってくる。

「でも、俺はもうちょっと具体的に、殴る蹴るの練習がしたいなぁ」

「どんな風に……殴って蹴って、勝つつもりだい？」

嵐太は口ごもった。あれやこれやと二週間も練習したところで、所詮は付け焼き刃。百戦錬《ひやくせんれん》磨《ま》の潰し屋に通用するかは疑問だ。

必要なのは、明確な戦術。そこに不可欠な技術を見出さなければならない。

「戦いの軸が見えてこないとな……ハゼのラッシュに対処しながら、一撃でノックアウトできるような、都合のいい攻防一体のすごい必殺技とか」

「よーく考えて、自分で糸口を見つけんさい……先生は、手助けするだけ――」

小さな師匠は安易に回答を授けてはくれなかった。

たっぷり一時間、体操で汗をかいた。タマちゃんに抱きつかれて〈流れ〉を調べられたが、腕から〈気〉が漏れ出すおかげで過剰な暴走は起こっていない。

その間も白葉《しらは》は一切視線を向けてくれなかった。


夕食後に呼吸法の訓練を受けて、初日のスケジュールは終了した。

嵐太《あらた》はふらつきながら、湯を求めて山小屋を出た。

「温泉だ……お湯に浸かって一日の疲れをすべて洗い流すんだ……」

小屋のすぐ裏で、岩に囲まれた温泉が湯気を立ちのぼらせていた。

温かい湯で血行をよくすることは、嵐太の体質改善にも良い作用を及ぼす。血の巡りもまた、気の流れと密接に関与するからだ。それが天然の温泉であれば、なおのこと効果は高い。そうでなくとも、疲弊《ひへい》しきった心身にはご褒美だ。

「ここで服を脱ぐことさえできれば、温泉で一服できる……」

嵐太は最後の気力を振り絞り、シャツの裾に腕をこすりつける。

「ぬおっ、脱げろ、脱げろこの野郎……！　ブチ破るぞこんちくしょう！」

「無理なものは無理だ」

ぺしっと背後から後頭部を手刀で打たれた。

振り向く間もなく、背後からシャツの裾がまくりあげられる。

「はい、バンザイだ」

「えっと、あの、はい」

背後の気配はえらく張りつめていた。透けブラ凝視の件を、まだ怒っているのだろうか。しおらしく手をあげて、なすがまま脱がされていく。

「さあ、次はズボンだ」

「ベルトじゃなくてゴム紐だから自分で脱げるよ……」

「世話をするという約束だ。ご家族もいないこの山奥で、私の他に体を洗ってやれる者もいないだろう」

「いや大丈夫、温泉にはそのまま入るから……おまえの助けは必要ない」

「湯を汚すな、後で入る私が迷惑だ」

「なら俺が後で入るよ！」

背後が静かになった。

納得してくれたのかと思いきや、間を置いて意外な言葉が飛びだしてくる。

「君は……信用できない。君が寝静まった後に、私は入る」

「なんだよ、それ」

「また、あんな風に胸を見られたら、その……困るんだ」

彼女の気配が、ガチガチに固まっている。よくよく感じてみれば、怒っているというよりも、ひたすら緊張しているだけのように思えた。

「……言っとくけど、べつに覗いたりはしないぞ」

「信用できない……さっきの目つきは、ひどく偏執的だった」

「おまえさ……いままで男子からそういう視線を感じたことないのか？」

今さらなにを言っているのだろう。彼女の容貌《ようぼう》とスタイルで男子の目を惹きつけないはずがない。立ってるだけでエロいという評価もあるのだ。

なのに白葉《しらは》は初々《ういうい》しいぐらい動揺に声を震わせている。

「考えたこともなかった……闘戯《とうぎ》のときも、胸ばかりに集中して隙だらけだと思ったことはあるのだが――」

「なんで俺のときばっかり反応するんだよ！」

「それはっ！　君がずっと近くにいるから、無性に気になっているだけだ！」

深閑《しんかん》とした夜の山に少女のわめき声が響いていく。

混乱気味の嵐太《あらた》の胸にも、それは特別な意味をもって響きわたった。

「俺のこと……気になってるのか？」

「だって、君は……その、なんというか……家族以外でこんなにも距離の近い男性というのは、私にとってはじめてだから……」

背後の気配が、モジモジしている。

なんとも気恥ずかしそうに、モジモジしている。

（どういうことだ……なんでそんな可愛いリアクションしてるんだ）

これまで生きてきて、女の子にこうもモジモジされたことは一度たりとてない。女顔で竹竿《たけざお》な自分には縁のない話だと思っていた。

予想外の展開に胸が早鐘《はやがね》になる。乱れかけた息を深呼吸で落ち着けた。

「……わかった。おまえが風呂に入っているあいだはベッドに縛りつけてくれ。そうすれば覗いたりできないだろ」

一歩退いたつもりでそう告げた。

たぶん、おたがいに冷静でないのだ。こんな状況で押し問答など不毛でしかない。きっと彼女の反応も自分が思っているような意味あいではないだろう。

なによりも——裸は、あまり見られたくない。

「いや、世話はさせてくれ。約束は約束だから……」

白葉は構わず嵐太のズボンを思いきりずらした。パンツまで一緒くたに。

「なっ、のッ、なにしてんだオマエぇ！」

「約束をした以上は、果たさなければ自分が自分でなくなってしまうような……そんな気がして、いてもたってもいられないんだ」

「事情はともかくマジでなにやってんだ！」

嵐太《あらた》は近くの枝にかけておいたタオルを両腕で挟み、股間に押さえつける。その状態で背中を押されると、もはや抵抗などできるはずもない。

「さあ、そこに座れ。まずは頭から洗おう。大丈夫、冷静だ、取り乱してなどいない、けっして動揺せず落ちついて約束を果たす、岬白葉《みさきしらは》ですよろしくお願いします」

温泉のすこし手前には口から蛇口が出た猿の像があり、簀《す》の子と椅子も設置されている。そこで体を洗えということだろう。嵐太は仕方なく椅子に腰を降ろした。

「おまえさ……もしかして、めちゃくちゃテンパってる?」

「わ、わからん……そうかもしれない」

彼女は単に、男に免疫《めんえき》がないだけなのだろう。それどころか、女同士で他愛ない世間話に興じる姿も見たことがない気がする。だからこういった距離感に緊張しているだけで、彼女の胸に特別な感情の入る余地はない。

甘い期待を打ち砕かれ、落胆と安堵《あんど》が入り交じってため息になった。

「わかった、とりあえず頭と、手が届かない背中は任せた」

タオルを太腿にかけ、背と肩を丸めて縮こまり、両腕で正中線を隠す。

側面に白葉がしゃがみこんだ。視界に入る太ももが白くてまぶしい。ほぼ根元まで剥きだしだ。というか、根元が見えている。黒っぽい布地がチラリと見えた。

(……なるほど、そうきたか)

光沢のある質感からして、下着ではなく水着だろう。上にはTシャツも着ている。この準備のよさからして、風呂のことはあらかじめ予期していたのだろう。それでも本番になると混乱してしまうあたり、ちょっと可愛らしいかもしれない。

「ではとりあえず、この猿像の蛇口にシャワーヘッドを……」

簀の子の前の猿像は、毛の一本一本まで精緻《せいち》に彫りこまれたリアルな造形である。絶叫するがごとく開いた口からは蛇口が生えている。

白葉はそこにシャワーヘッドを取りつけ、む、と唸《うな》る。

「どこをひねれば水が出るのか」

バルブが見あたらないので、白葉は上体を押し出して猿像をペタペタと触りだした。縮こまっている嵐太の横にしゃがみこんで、身を乗り出す形だ。

自然と嵐太の顔に、ぱにゅんと柔らかなものが押しつけられた。

「……うほぉう」

ふやけた声が嵐太の鼻から漏れた。

白葉が身をよじるたび、ぷにゅりぷにゅりと連続的に頬を按摩《あんま》される。

「手は動かないな……腕のどこにも継ぎ目はない。頭も違う、鼻も……」

「ほふぅ、ぬふぅぅ、んおぉお……なんじゃあこりゃあ」

筋肉とは一線を画《かく》す、女だけに与えられた魅惑の双果実──乳房。

その偉大なるマシュマロ感が嵐太《あらた》の頭をかき乱している。男の本能が血流を加速させて、ごく一部分を鋼の硬度とする。

ぐ、ぐ、と股にかけたタオルが持ちあがってきた。

「残るはおそらく、耳……きゃっ！」

白葉《しらは》が猿の耳をひねると、シャワーヘッドから冷水が噴き出した。嵐太はおろか白葉まで水浸しになる。白いTシャツが素肌の曲面に張りつくと、浮かびあがるのは予想していたスクール水着ではなく、黒のビキニであった。

しかもサイズを間違えたのか、少々、肉が、はみ出している。

「では頭を洗うぞ」

「ぬおう……耐えよう、男として」

すこしでも股間を隠そうと縮こまる。

白葉は頭をマッサージするようにシャンプーを泡立たせ、髪を洗っていく。彼女の十指は闘《とう》戯《ぎ》慣れした元風紀委員とは思えないほど細く長い。その動きは柔らかく、汗でごわごわした癖《くせ》毛《げ》を飼い慣らすように優しい。

「すこし気になっていたが……君と中村《なかむら》先生は親類なのか？」

「いや、違うけど……なんで？」

「髪質が似ている。色素も中村先生ほどではないが、薄いように見受けられる」

「それは体質が似てるからって前に聞いたな。例の気の流れに敏感ってやつ」

「なるほど、経験者だから体質改善の手段も知っているということか」

話をしていると、すこしずつ気分が落ちついてくる。股間も幾分か収まった。シャンプーの泡を冷水で落とされると、思考もクールダウンする。

タオルも元どおり、太腿のあいだで垂れ下がっていた。

「よし、では前を向いてくれ。次は体を洗う」

「じゃあ……お言葉に甘えようかな」

胸を張ってそちらに向き——

白葉がすこし目を丸くしているのに気づいて、自分の失態を理解する。

つい油断しきっていた。隠すべきは、股だけではなかったのだ。

「そうか……夏場も詰め襟《えり》を上まで締める変人と聞いたが、それを隠すためか」

もはや隠すのも手遅れだ。嵐太は諦めて晒《さら》した。

正中線上にいくつも刻まれた、皮膚の爆《は》ぜたような傷跡を。

喉、胸、ヘソ、タオルに隠れた性器のすこし上、そして会陰《えいん》部。

「先生の言ってた〈流れ〉の駅、いわゆるチャクラってやつだけど……二年前にちょっとした事故で、爆発しちまったんだ」

二年前、嵐太《あらた》の〈流れ〉は肉体を引き裂く激流と化した。

あまりの勢いに、流れの中継点であるチャクラが下から順に爆ぜていく。激流が喉のチャクラに到達する寸前、中村環生斎《なかむらかんりゆうさい》は匕首《あいくち》で嵐太の喉を裂いた。傷口から激流が吹き出したおかげで、眉間のチャクラもろとも脳が砕ける危機は去った。

「おかげで声変わりが止まっちまったけど、死ぬよりはマシかな」

体の傷痕は基本的に、放射状に広がったサクランボ大のえぐれ跡だが、喉だけは首の側面まで横一文字の切り傷が伸びている。

最大の危機は喉を犠牲にして乗りこえたが、激流化した〈流れ〉は収まらなかった。嵐太は数ヶ月も苦痛に悶《もだ》え、鎮静化してもリハビリに追われた。闘戯《とうぎ》免許を取るどころか満足に通学もできず、気がつけば顔見知りはみな中等部から姿を消していた。

「で、留年したんだけど……おなじ学年にダブリがいるって聞いたことないか？」

「いや、当時は私も友達がいなくて、そういう噂を聞くすべがなかった」

「そうか……いや、私もってなんだよ、もって。そりゃ俺だって友達は全然いなかったけどさ……それも喉の後遺症でしばらく会話不能だったからし……」

「お仲間だな」

白葉《しらは》はクスリと含み笑いをした。

「いや待て、高等部の部室までくればフクとか卒業した先輩もいたし、会ったことはないけど幽霊会員と手紙のやり取りとか……突然いなくなったけど、幽霊部員……」

「おなじだ、おなじ」

クスクスと笑っている。あの鉄面皮の岬白葉《みさき》が。生真面目すぎて友達もできない岬白葉が、慎ましくはあるが、自分の前で継続的に笑い声をあげているのだ。

甘い雰囲気ではない。ただ、気楽な会話がありがたい。過去を話せばもっと重苦しくて嫌な空気になると思っていたが、むしろ彼女の態度は軟化している。

「さあ、そろそろ続きだ。体も洗うぞ？」

「そうだな、隠す必要もなくなっちまったし」

要不要で語るなら、体の前面は自分で洗えるので助けも必要ない。ただ、ここで意地を張って彼女を追い返すのも、なんだかつまらない。

ふたりきりで会話を楽しむ場が、いまはなにより心地よい気がして——

「あーったさーん♪　毎度のお手伝いタマ先生よ～ん♪」

ほろ酔いの歌声がヒョイと木陰から湧いて出た。

「ひねくれ坊主のあーたさんはー♪　凪もないのにぶ～らぶらキノコ♪　かわいいかわいいタマちゃんがごふっ！　ふごほッ、おごふっ！」

喉の弱い短身教師が咳きこむたび、酒臭さがあたりに振りまかれる。

せっかくの楽しい気分が一瞬で吹き飛んで、嵐太はたまらず大声をあげた。

「また飲んだのかよ！　山ごもり中ぐらいガマンしろよ！」

「うへへ、酒は大人の特権なりよ？　なりりりぃ〜ぃぐへッ、ごほほッ」

タマちゃんの悪癖その三。酔うとひどい。本当に、ひどい。

まず衣装からして一目瞭然《いちもくりようぜん》で、ひどい。ビキニ水着である。しかも極端に布地がすくない、マイクロなもの。腰回りにあしらわれたフリルが、いっそう際どさを煽《あお》る。

「あーたさんも、年ごろの男の子だからねぇ……あんな狭いアパートではビニ本の置き場もなく——わしに隠れて夜中にこっそりと、ぱそこんとアレをいじるのも」

「はいストォーップ！　先生そこでストォーップ！」

「こんな年増でよければ……夜の供として、この水着姿を目に焼きつけんさい」

タマちゃんは扇情《せんじようてき》的に柔肌を撫でてみせるが、年増のたるみはおろか若々しい肉づきすら皆無。胸には水着の厚み分しか膨らみが見あたらず、腰の幅は胸や太腿とほぼ変わらないという寸胴ぶり。お腹もややぽっこりしていて、容赦ない幼児体型。

「そんなお子様ボディで俺にどうしろって言うんだ……」

「かーいくないねぇ……泣いちゃうよぉタマちゃんは。えぐえぐごほっ」

いつものことだが、ジト目で睨《にら》みつけても暖簾に腕押し。

「ふたりは……一緒に暮らしていたのですか？」

横からの問いかけに、嵐太《あらた》はぎくりとする。なんとなく気まずくて隠していたことだが、酔っぱらったタマちゃんがそんな意を汲んでくれるはずもなく。

「あーたさんが中等部のころ、ご両親から保護者役を任されてね——そりゃーもう、あーたさんの股に縮れ毛が生えて大騒ぎのときまで……」

「だからストォーップ！　黙れこのチビババァ！」

「チビもババァも否定せんけど……合わせると腹を下した擬音みたいだねぇ」

タマちゃんの悪癖その四。酔うとシモネタに走りがち。

「では、家で宇上《うがみ》嵐太の世話をしていたのは」

「先生だねぇ……ごほんっ」

やっぱり気まずくて顔を逸《そ》らす嵐太をよそに、白葉《しらは》は真剣に問いかける。

「では、風呂場での世話も」

「もちろん、わしだねぇ……お手本、見せてほしいかい？」

「是非ともご指導をお願いします」

「なに言ってんだ岬《みさき》……」

タマちゃんは嬉々として駆けより、持参した石鹸をなだらかな胸や腹に塗りつけた。まずい、と嵐太が逃げようとする間もなく、彼女は正面から抱きついてくる。

「こうやって体でね……石鹸を泡立てるんよ」

「ちょちょちょっと待て先生コラァ！　普段こんなことしてねーだろオイ！」

か細い腕が異様な力で食いついて離れない。ぬるぬるの幼児体型がヘビのようにくねる。皮膚と皮膚がこすれあって、快感とともに泡が立ちはじめる。

「なるほど、そのような手段が……しかしあの、私は……Tシャツを脱がないといけないというのは、すこし恥ずかしくて」

「手……その手に泡を握り、こすりつけるがよかろう――」

「なるほど」

「なるほどじゃねぇよ！　落ちついて考えろよオイ！」

しかし白葉《しらは》は聞いているのかいないのか、泡立った手で背中や腕をこすってくる。しかもときおり、胸を背中に押しつけながら。

冷静な顔をしているが、おそらく、いや間違いなく、彼女は混乱している。頭のなかがグチャグチャになって、自分がなにをしているのかも理解していないのだ。

「ほりゃほりゃ……こんなテクもあるぞい」

「なんと激しい手つき……！」

「ここなんか、あーたさんの弱いところだねぇ……」

「あっ、悶《もだ》えてるっ、宇上嵐太《うがみあらた》が悶えてる……！」

「ほほ、試しに――耳でも噛んでみるかい？」

「では失礼して」

左右の耳を同時に噛まれて、嵐太は腹の底から気の抜けた声をあげた。

＊

山ごもり二日目。

起床後、嵐太と白葉はそれぞれの日課である体操と素振り・型稽古《かたげいこ》をこなす。

体が温まったところで、ウォーキングとジョギングを織り交ぜて山を登り、斜面から突き出した岩場で朝日を見た。

「いい朝だ……嫌な過去をすべて消し去ってくれるような光だ……」

潔癖《けっぺき》なまでの白い陽射しを浴び、澄んだ山の空気を胸一杯に吸いこむ。

吐き出せば、昨夜の屈辱も一緒に抜け落ちていく気がした。意地でも落とさなければならない。

「あの感覚はダメだ……なにもかもダメになってしまう……」

あの甘くて心地よい堕落感には脳を溶かす作用がある。だから、気を強く持たなければならない。今夜もおそらく同じ試練が訪れるのだから。

「どうかしたのか?」

「俺は強く男らしいタフガイになりたいんだ」

「そうか、ならこの合宿を乗りこえなくてはな」

身も心も強くなるため、鼻息も荒く山小屋に帰還した。

朝食の時間、イノシシ肉の薫製《くんせい》を野菜と一緒にパンで挟んで食べていると、窓のすぐ外から鳥の鳴き声が聞こえた。

「おぉ……ようやっと、届いたかねぇ……」

タマちゃんは二日酔いでふらつきながら、窓を開いて一羽の鷹《たか》を招き入れた。その足には布の包みがつかまれている。

「先生、それって伝書……鷹？」

「気性が荒いから、要注意なんよ……気弱なところを見せたら、うぷっ、うぇえ」

青い顔で吐き気を堪《こら》えるタマちゃんへ、殺意のこもったクチバシが立てつづけにくり出された。そのすべてが空振りに終わる。避けているのか、二日酔いで頭をふらつかせているだけなのか、飲酒経験のない嵐太《あらた》にはわからなかった。

「で……あーたさん、そろそろご自分の闘い方は――見えてきたかい？」

タマちゃんは包みを開きながら訊ねてくる。

「今日だ、今日中になにかを見つけてやる」

根拠もなくそう答える。前向きでいたほうが、運も向いてくるように思えた。

「なるほどねぇ……えうぅ、なら先生も、おぷっ」

「いいから無理してしゃべるなって……こっちの食欲が失せる」

やがて開かれた包みから出てきたのは、黒革を使った服のようなものだった。

何物かと問えば、「秘密、おえっぷ」と返された。

「だいたい、お昼ご飯の後ぐらいまでに——調整を済ませとくんよ……」

黒革の正体はつかめずじまいだった。

ただ、その黒光りする様から、なんとも嫌な流れを感じたような気がした。


朝食後はまた体操をした後、キノコ採集に向かうことになった。

山道を進んでいると、すこしばかり気が重くなる。昨夜のキノコ採集を思い出すと、苦々しい気分がこみあげてくるのだ。

「あのさ、岬《みさき》」

嵐太は意を決して切り出した。

「沼渡り、今日は絶対に手を出さないでくれよ」

淡雪《あわゆき》でイガグリを弾こうとしてくれた気持ちはありがたいが、同時に残酷でもある。おまえには出来ない、と突き放しているも同然だ。

「風呂のことは、まあオマエに頼ることにしたけど、闘戯《とうぎ》に関することだけは絶対に邪魔されたくないんだ。仕合ならおまえが手助けした瞬間に反則負けだぞ？」

「それは……たしかにそうだが」

「心配してくれるのはありがたいよ。でも、自分でやらないと意味がないんだ」

四年間も退屈な修行に耐えられたのは、意地と矜持《きょうじ》と憧れがあったからだ。

いつか必ず、憧れの舞台に立ちたい。自分の足で勇ましく闘戯《とうぎ》の場に立って、自分の拳で闘いたい。願わくば、その手で勝利をつかみたい。

時が経つにつれ色あせるどころか、より燦然《さんぜん》と輝きを増す夢だった。

「この手で……つかみたいんだ」

言いきって──ふと、リアクションがないことに気づく。

もしや、独りよがりがすぎただろうか。そもそも、男なら夢は他人に語るものでなく、自分の胸に抱いておくものだ。

気恥ずかしさを押して、彼女の方を見てみた。

視線が合う。彼女はじぃっとこちらを見ていた。

「……真剣だな」

「あ、ああ、そりゃな。闘戯は、その……好きだから」

「温泉ではあんなに腑抜《ふぬ》けた顔だったのに、見違えるようだ」

「あれは仕方ないだろ！　あんな風にされたら、俺だって男だし……」

しどろもどろに声が小さくなっていく。昨夜あんな醜態を晒《さら》したのに、今さらかっこつけたところで逆効果かもしれない。

ただ、白葉《しらは》は納得したようにうなずいてくれた。小馬鹿にしている気配はない。

「ちゃんと勝たないと、体操術研究会もなくなってしまうからな。私が甘やかしたら、たしかに意味がないな……うむ、理解した。もう絶対に手を出さない」

白葉は深刻なほどに真面目な顔でうなずいた。

やがて沼のまえにたどりつく。

「いるな……例のごとく」

昨日とおなじ木陰から、笠の端だけはみ出している。

「先に斬り伏せれば安全に通過できるが」

「それじゃ特訓にならないからやめてあげて」

嵐太《あらた》が杭に足を伸ばすと、木陰でイガグリが構えられる。

「そう言えば、中村《なかむら》先生が言っていたな……いつも通りやればいい、と」

トゲの塊が投げつけられた。

——いつも通りやればいいんよ。

タマちゃんの声を脳内で再生した途端に、嵐太の体は自然に動いた。

健康体操の足運びで、すいっと斜めに進めば、顔の横をイガグリが通りすぎる。

「お？」

空気の流れが次弾の到来を告げる。

嵐太《あらた》の体はごく自然に、環生流の健康体操に散りばめられた無数の動作からひとつを選択し、イガグリを危ういところで回避した。

さらに三弾、四弾と飛来しても、一発たりとて命中しない。

「中国拳法の套路《とうろ》に似ていると思ったが、やはりそういうものだったか」

「え、太極拳みたいな？　これってそうだったの？」

「実戦に必要な動きを一つの流れに組みあげ、練習しやすくしたものだが――こんなにすんなりと実用しているところは、意外と珍しいと思う」

体操で身についた動きをハイテンポで実演するだけで、体が無理なく駆動する。関節が固定して動けなくなることも、無理な体勢でバランスが崩れることもない。

「そうか……そうか、そうかそうか、こういう使い方ができるものだったのか！」

四年間ひたすらに続けてきた体操だ。クラスメイトに「盆踊り」とバカにされても、体を治すために堪《た》え忍んでくり返してきた体操だ。

それが今、新たな価値に輝きだした。

「すごい、これ凄《すご》いよ岬《みさき》！　俺の体、こんなに動くものだったのか！」

嵐太は喜色満面で、沼を渡りきることもせずにイガグリを避けつづける。

「確かにすごいな……まるで、全身に目がついているみたいだ」

それはごく小さな囁きだったので、嵐太の耳には届かなかった。

彼はまだ気づいていない。〈流れ〉に敏感な体質が、天然のセンサーとなって回避技術を支えていることを。それがあまりにも当たり前のことであったため、一流の闘戯者《とうぎ》にも匹敵する鋭敏さであるなどと思いもよらないのだ。

「これならハゼのラッシュにも対応できる……！」

うそぶいたのも束の間、まったくの逆方向からイガグリが投じられた。

沼を挟んでもう一体の笠頭がいた。

それが微妙にタイミングをずらして狙い撃ちをしてくるのだ。

「おっ、ちょっと待ッ、ぬおおぉ！」

徐々に嵐太の動きに無理が出はじめる。

いくら軌道が読めても、倍の数に増えれば体がついていかない。

「死ね！」

「おい今なんか死ねって言われたぞオイ！」

嵐太は慌てて沼を渡りきった。

だがしかし、沼はまだ二つ残っている。

おまけに次の沼では、肌色に塗った鉄球が飛んできた。拳を想定したカラーリングだろうが、イガグリのなかに色も速度も違う物体が混ざると、テンポが崩れてかわしにくい。

結局、頭と腕と脚に一個ずつイガグリを頂戴《ちようだい》することになった。

最後の沼では、ウニと泥団子と蜂の巣まで飛んできた。

重量も違えば速度も違う飛来物に、嵐太《あらた》はボロボロにされてしまった。

目的のキノコ群生地までどにかかたどりついたが、場所的に崖の間際なので、ともするとふらついて真下の渓流《けいりゅう》まで落ちてしまいそうだ。

「おそらくハゼの連突きはあんなものではない」

白葉《しらは》はキノコを採集しながら、落ちついてそう判断した。彼女も泥団子を受けて体操着を汚しているが、冷静さは損なわれていない。

「キノコ人間の攻撃はすべて直線軌道だ。ボクサーならジャブやストレートだけでなく、フックやアッパーも交えてくる」

「そうだな……それに連打力もあんなもんじゃないだろし」

「私ならストレートが来るまで耐えてカウンターを取るが――」

「俺よりおまえこそどうなんだ？　また甲坂《こうさか》とやって、うまく闘えるのか？」

その問いかけに、白葉は眉根を寄せて「うーむ」と考えこむ。

「いっそのこと、おたがいハンデなしの方が面倒もなくていいんじゃないか？」

「いや、それだけは絶対にありえない」

断固として白葉は拒絶した。

「この妖刀の鞘たることが私の価値であり、それを置いての勝利などありえない」

淡雪《あわゆき》に目をやるその顔には、キノコ採集には似つかわしくない気迫が宿る。鬼気とした、という表現がぴったりの、凄絶《せいぜつ》な表情だ。

ふと嵐太は違和感を覚えた。

「もしかして……岬《みさき》って、あんまり闘戯《とうぎ》が好きじゃないのか？」

以前にも抱いた疑問は、だれに邪魔されることもない山のなかでようやく言葉になった。はたして口に出していいものだったのか、自信もなしに答えを待つ。

ほんのわずかな間を置いて、告げられた回答は、ごく彼女らしいものだった。

「好きも嫌いもない。ただ、それが挑戦であれば受ける。これも義務だ」

彼女らしすぎて、すぐに合点がいった。

同等のハンデを負った相手に躊躇《ちゆうちよ》してしまうのは、この義務感が原因だ。岬白葉ほどの実力者がそんなことで自縄自縛になるなど、呆れてしまうほど馬鹿馬鹿しい。

「義務ってのはつまり、いやいや闘ってるだけじゃないのか？」

「嫌々ではない。仕方ないことにも立ち向かうのが、岬家の子女として……」

「だーかーら！　そういう建前はどうでもいいんだよ！　要するにイヤイヤってことじゃねぇかよ！」

嵐太《あらた》は声を荒げた。

「わざわざ不利な状況を作って、相手が攻めてくれるのを待って、『本当はイヤだけど、ここまで追いつめられたからには闘わざるをえない』って無理やり奮起してるだけじゃねぇか！　何様だ、こんにゃろう！」

一気呵成にまくし立てると〈流れ〉が乱れて体が熱くなった。気息まで乱れると体に悪いので、すぐに呼吸法で鎮静化を図る。

息が整っていくにつれ、頭も急速に冷えだした。

困惑している白葉《しらは》の姿に罪悪感すら湧きだす。

「なぜ怒るんだ……？　なにが気に食わないのか、私には、よくわからない」

「いや、悪い……言いすぎた」

冷静になってみれば、自分が一方的に悪い。彼女には彼女の事情がある。自分の体質とおなじように、他人がとやかく言える問題ではない。これでは自分を揶揄《やゆ》してきた健常者となにも変わらないではないか。

「おまえは別に悪くねぇよ。俺が嫉妬《しつと》しただけだ。いくらでも闘える体があるのに、贅沢《ぜいたく》を言ってるように感じられて……本当に、すまん」

「そうか……」

白葉が多くを語らないのは、心情を察してくれたからだろうか。単に言葉が見つからないだけかもしれないが、その静かな対応がいまはありがたい。

無言で彼女のキノコ採集を見守る。

緩慢に流れゆく時間のなか、ぽつりと彼女は吐息めいた言葉を漏らした。

「なにかに夢中になれることは……素敵なことだと思う」

そこに込められた感情がなんであるかは、すぐに理解できた。自分が彼女に抱いているのと同じ想いだからだ。

羨望《せんぼう》と、憧憬《しょうけい》と、嫉妬。

「俺は、ただ……」

言葉が中途で途切れたのは、背後から流れてきた〈気〉のためだ。すさまじい質量を有した敵意の塊──その強烈な気配を白葉も感じとり、ふたり同時に振り向いた。

みしり、と重たげな足音が鳴る。

黒い塊が、そこにいた。

「熊……？」

思わず漏れた言葉が的はずれであることはすぐにわかった。

サイズ的にはツキノワグマにも満たない。四本足がやけに短く、姿勢が低い。首がなくて、頭部と胴体が樽型のひと繋がりになっていて、恐ろしく鈍重な外見だ。

嵐太たちに向けられた顔の先端──鼻が潰れている。

「キノコ人間の亜種か……！」

白葉《しらは》がそう判断したのは、体中からキノコが生えているからだろう。

「違う、イノシ……！」

指摘の声はイノシシの唸《うな》り声に遮《さえぎ》られた。

――バギュルるるルルぅ！

空気が圧迫感の塊となってふたりを打つ。ビリビリと肌が痺れた。業務用ポリバケツほどの体型だが、まるで衝撃波じみた声をしている。体重は嵐太《あらた》の二倍で利かないのではないだろうか。野生動物ゆえの凝縮された生命力が伝わってきた。

「まずい……気が立ってるぞ、こいつ」

理由はわからないが、見るからに敵意をむき出している。

ツキノワグマに満たないサイズとはいえ、野生のイノシシの突進力はすさまじいものだ。大の大人もたやすく吹っ飛ばされるだろう。

そして背後には崖がある。

「岬《みさき》、動くな……目を逸《そ》らさず、すこしずつ横に移動するんだ」

嵐太は冷や汗を垂らして話しかけた。

ちゃきり、と金具を外す音がする。

「眼前の存在を怪異と判断、特級武拘束《ぶこうそく》〈サキガミ〉解放――」

白葉は神妙な顔で淡雪《あわゆき》の拘束を外した。

その音に反応して、イノシシが飛びこんできた。肉の砲弾のようにすさまじい勢いで、背のキノコがこぼれ落ちるほどに加速して。

白葉は潰れた鼻面へと抜き撃ちを食らわせようというとき、

「……いのしし？」

ようやく気づいたらしく、手を緩めてしまった。

刃が届くより先に、猛獣の頭突きが迫りくる
「岬！」

嵐太は無我夢中で白葉を真横に突き飛ばした。

高速の鼻面は空を切る。

ひとまず安堵《あんど》した嵐太であったが、刹那《せつな》、イノシシの胴体が脇腹をかすめた。

想像を絶する衝撃が全身をつんざく。足が地面から離れた。

「なッ……！」

視界がぐるりと回転する。

全身が錐《きり》もみ状に回転している。

桁違いの質量と勢いを前にすれば、嵐太程度の体格などゴム鞠《まり》に等しい。

「宇上《うがみ》嵐太ぁ！」

白葉《しらは》の声が遠い。

崖の間際でこちらに手を伸ばしているが、とうてい届かない距離だ。

嵐太《あらた》は自分が吹っ飛ばされて、崖下の渓流《けいりゅう》に落下している最中だと理解した。イノシシも勢いあまって落ちているが、そちらを意識している余裕はない。

(流れを感じろ……!)

空気の流れを、重力の流れを、全身全霊で感じ取る。

重たい頭を下に向け、手を伸ばした。水泳の飛びこみ体勢だ。

嵐太は意識もろとも渓流に飲みこまれた。

*

暗闇の果てから咆吼《ほうこう》が聞こえる――

「ッがぁあああう!」

何者かが怒鳴り立て、なにかを叩き割っている。

「これもちッがあぁう! これもダメ、こいつもこいつもぉ!」

怒鳴って、割る。怒鳴って、割る。ひたすら怒鳴って割る。

嵐太は重たい頭を抱えて身を起こした。咳きこんで気管に残った水を吐き出す。鼻の奥がツーンとして頭が痛い。

「そうか……たしか崖から川に落ちたんだったな」

どうやら掘っ立て小屋の粗末なベッドに寝かされているらしい。

まわりを見れば、歪《ゆが》んだ棚が壁にずらりと立てかけられている。曲がった釘がはみ出してい
て、見るからに手作り感たっぷりだ。

棚に並べられているのは、奇怪な形の陶器たち。

その奥で、出来たての陶器を叩き割る少女がいた。

「……甲坂《こうさか》？」

「ちッがあぁあああああう！」

「違うのか」

「あ？　いや違う、そうじゃなくて、このゴンタクレが全然なっちゃいないのよ！」

甲坂美亜《みあ》は粉砕した陶器の破片を憤然《ふんぜん》と指さした。

「私はね、黄昏のセニョリータを作りたかったの！　これじゃ朝焼けのセニョールじゃないの
よ！　もう全然なっちゃいないわ！」

「そうか、大変だな。それより、ここはどこだ？　おまえが助けてくれたのか？」

美亜は肩で息をしていたが、どうにか怒りを抑えて応対してくれた。

「ここは陶芸愛好会の窯場《かまば》よ。裏に私手製の窯があるわ。最近はみんな山に登りたがらないか

ら、利用してるのは私ぐらいだけど……」

さっきまで怒っていたかと思えば、物憂《ものう》げにうつむく。

躁鬱《そううつ》症じみた女だと嵐太《あらた》は思った。

「で、そこの川にアンタが流れてきたのよ。ほっとくわけにもいかないから、いちおう助けてあげたけど」

「イノシシが流れてこなかったか？」

「なにそれ？　あんたアニマルと心中する性癖とかあるの？」

「ねぇよ、これっぽっちもねぇ」

嵐太は床に敷かれた布団から、すこし身を乗り出した。

「きゃっ」

美亜《みあ》が悲鳴をあげて顔を逸《そ》らす。なぜか耳が赤くなっていた。

視線がチラチラと嵐太の首から下を突っついてくる。

今さら気づく——嵐太は股にタオルを掛けられているだけの、裸であった。

「……見たのか」

「仕方ないじゃないの、濡らしたままだと風邪引くし！　いいから感謝しなさい！　人工呼吸までしてやったんだから激感謝なさいよ！」

「……したのか、人工呼吸」

ぐ、と美亜はうめいた。

見る間に顔が赤く染まり、あうあうと口が開閉する。

やがて耳まで染まると、壁に手を突いてうなだれた。

「わ、私だって、好きでやったわけじゃないのに……！　マイ・ファーストキッスが……こんな女顔に……！」

「女顔で悪かったな。陶器みたいな顔ならよかったのか」

「顔の問題じゃないわよ！　陶器なら毎日キッスしてるわよ！　そうよ、あんたの唇の感触なんか、この子たちでぬぐってやるんだから！」

美亜は半泣きで自分の作品にキッスの雨を降らせていく。

しかもいちいち、得体のしれない異形の陶器ばかり。

「……こわい」

「は？　なにが怖いっつーのよ！　こんなに可愛いのに！　こんなにも美しいっていうのに！　むっちゅ、むっちゅ、むちゅっちゅ！」

凄惨《せいさん》な状況ではあるが、追いこんでしまったのが自分である。仕方なく、嵐太は黙りこんだ。

こういうとき、男が女にかけるべき言葉は、タマちゃんにも教わったことがない。男女関係の手練手管は格闘技のテクニックより難解だ。

気まずいので、寄る辺ない視線を棚に並べられた陶器に向けてみた。

「そこの……セミが脱皮しかけのヤツ、面白い形してるな」

どうにか話題を逸《そ》らしてみた。

たちまち美亜《みあ》の目が輝き、ずだだっと駆けよってくる。

「わ、わかる？　私の芸術がわかっちゃうの？」

「ああ、その……」

本当は邪悪な怨霊と化したヒマワリにしか見えない。陶器の前の紙札に〈セミ・リインカーネーション〉と銘打たれていたので、当てずっぽうで言ってみたのだが。

「えっと、セミの短い一生のなかには、生まれ変わりのような瞬間が秘められている――それは決して短命の悲劇でなく、生命の歓びに満ちている……とか？」

「……そう！　そうなのよ！　転生、それは生命の連続なのよ！」

キラキラ目のまばゆい笑顔で、美亜がずんずんと近づいてくる。

横から適当な陶器を手に取り、突きつけてきた。

「これは？　これはわかる？」

溶岩地帯に降り立った侵略宇宙船のような陶器だった。

その陶器の置かれていた場所の紙札を見る――〈雪原のロンリーウルフ〉。

「生命のたくましさ、だな。群れから離れて寒さに凍えても、ひたすら歩きつづける狼の気高さ、強さ、そういったものがにじみ出している」

「わかるじゃん！　アンタ見る目あるじゃん！」

さらに美亜は次から次へと陶器をくり出してくる。

嵐太《あらた》も最初は紙札のタイトルを見て解釈していたが、徐々に、なんとなくではあるが、直感で正答を導き出せるようになってきた。

（理解しちゃいけないものが理解できたような気が……）

陶器の形を整えるとき、彼女は想いを流しこむようにして作っているのだろう。実際の形はどうあれ、そういった流れがかすかに感じ取れるのだ。

想いがいくら大きくても、他者には伝わらないもどかしさ——そんなものまで陶器を通じて漂ってくる気がした。

「本当に陶芸が好きなんだな」

声が優しくなったのは無意識のことだ。感性は理解したくなかったが、情熱にはほだされてしまったのかもしれない。

美亜はじっと嵐太を見つめ、真剣な口調で問いかけてきた。

「ねえ……アンタさ、体操術研究会が潰れたらうちに入らない？」

「……は？」

「アンタって体質改善のために体操してるんでしょ？　それならうちに入ってもできるじゃない。うちの部室でやってくれても、私は全然構わないわよ」

冗談でもなければ、油断を招く演技とも思えない。彼女は本気で勧誘している。

美亜《みあ》とは顔をあわせるたび喧嘩《けんか》にしかならなかった印象があるので、どうにもやりにくい。

ただ、それでも回答なら一つしかない。

「そりゃうちが負けたときの話だろ。勝つつもりでいくぞ、俺たちは」

「うちが勝つわよ。魔熊《まぐま》もハゼも、怪我《けが》人と半病人だからって手を抜くような人種じゃないからね。アンタら対策にめっちゃ特訓してるわよ、アイツら」

ぞく、と背筋が粟立《あわだ》つ。

特訓している？　潰し屋の二人組が？

「アイツら、本気で俺を潰しにくるのか」

ただでさえ困難な相手が、さらに強くなろうとしている。しかも、児童闘戯《とうぎ》しか経験のない素人同然の自分に対して——

「怪我したくないなら降参しなさい。あんたの行き場は私が用意してあげるから」

く、ぐ、と嵐太《あらた》はうめき声を漏らす。

そして、爆笑した。

喫驚《きっきょう》する美亜をおいて、ひたすら笑いつづける。

「マジかよ、アイツらそんなに俺のこと警戒してるのかよ……！　ははっ、そりゃすげぇなオイ、まるでＶＩＰ待遇じゃんかよ、はははははッ！」

てっきり油断してくると思っていた。女顔で竹竿《たけざお》だからと、ナメた態度であしらわれるものだと決めつけていた。

なのに、百戦錬磨《ひゃくせんれんま》の潰し屋があくまでひとりの闘戯者として自分と闘ってくれる。

「燃えてきたぞ、こん畜生！」

沸きあがる血潮のままに立ちあがる。

はらりと腰のタオルがこぼれ落ちた。

まさに美亜の眼前に、股間がさらけ出される。

「……っぎゃあぁあああぁあぁあぁあ！」

怪鳥音のごとき悲鳴があがり、嵐太は突き飛ばされた。

「うおぅ、あッ」

背中から壁にぶつかった。その振動で、すぐそばの棚から、とびきり重そうな陶器が落ちてくる。頭上にその気配を感じたものの、足がもつれて避けきれない。川で溺れたせいか、まだ足が萎《な》えているらしい。

ごしゃり、と陶器が直撃した。

「げふッ」

痛みと重みに体が崩れ落ちる。頭というのはこんなにも重たいものだったのかと感心しながら、床に突っ伏した。

生温い液体が大量に流れ出して、床を汚していく。

「ちょ、ちょっと宇上《うがみ》！　うわっ、グロっ……血出すぎなんですけど！」

美亜《みあ》の声が遠のいていく。

ドアを開く音がかすかに聞こえた。

「宇上嵐太《あらた》、ここにいるのか！　……ぬわっ、血ッ！」

「ちょっとなに勝手に入ってんのよ、唐変木《とうへんぼく》！」

「ひどい……なんてことをするんだ！」

抱き起こされる感覚も、ほのかにしか感じられない。

「あんなにも、はじめての闘戯《とうぎ》を楽しみにしていたのに……私なんかと違ってあんなに純粋に、子どもみたいに無邪気に、必死に、懸命に……」

「もしもし？　頭打ったときは安静に寝かしといたほうがいいんじゃない？」

「私の無気力な闘いに耐えきれないほど、この人は闘戯が好きなんだ……私は、ようやくこの人の本当の気持ちを理解できた気がする。女顔だ竹竿《たけざお》だとバカにされ、四年間も我が身の無力さに苦しみ、それでも一途に闘戯を求める純粋な人だ……！」

「だーから安静にさせときなさいってば！」

「黙れ、彼に触れるな悪女め！」

最後に聞こえたのは、涙まじりの鼻声だった。

「私はこの人の手となり——この人を守る！」

＊

頭部の怪我《けが》は軽傷であったらしく、山小屋に運ばれて間もなく嵐太《あらた》は目覚めた。

あらためて美亜《みあ》との出来事を話すと、白葉《しらは》が頭を抱えて沈みこむ。

「どうしよう……甲坂《こうさか》先輩にひどいことを言ってしまった」

「あいつ気分屋だから、しっかり謝れば大丈夫だって」

「う、うむ、そうだが、しかし……余計なことまで言ってしまった気が……」

あの時のやり取りは薄ボンヤリとしか聞いていないので、嵐太も詳しくは覚えていない。なにか非常にくすぐったいことを言われていたような気がする。

「それより先生、あのイノシシはなんなんだよ。死ぬかと思ったぞ……」

「うーん、その件に関しては……先生の見通しが甘かった、ねぇ」

タマちゃんもさすがに申し訳なさそうに眉を垂らしていた。

彼女の調査によれば、あのイノシシの足跡は山奥から続いていたという。なんらかの理由で餌場を失い、空腹で気が立っていたところ、ようやく見つけた食用キノコの群生地で嵐太たちに遭遇し、辛抱たまらず襲いかかってきた——といったところだろう。

「ともあれ——今後は先生も、そこらへんは気をつけるとして……」

トン、と彼女はテーブルを叩いた。

メモリーカードと、折りたたまれたメモ用紙が並んでいる。

「さっき届いた、本日分の授業動画と——フクさんの、伝言」

「会長の、ですか」

白葉がメモ用紙を開き、嵐太が覗きこむ。

走り書きの一行が嵐太の脳にしっかりと食いこんでくる。

——クラッカーは顔面狙い、ストレートのみ。

その言葉が意味するところは一つしかないだろう。

「そうか……パームド・クラッカーってストレート限定か」

「たしかに、動画ではフックやボディで爆発していなかったように思える」

「鬼骨《きこつ》使いにも色々いる……彼の鬼骨はさほど強くもない——ね」

顔面狙いのストレートでしか発動しない必殺技。その印象が、この日もっともインパクトの強かった出来事と絡みあい、漠然としたイメージに収束していく。

ぽん、と嵐太は手を打った。

「……思いついた」

昂揚感《こうようかん》にぶるりと震える。

突破口が目の前に開かれたのかもしれない。正確には突破口になりうる小さな綻びだが、無理やり指をねじこんで拡張してやれば、きっと通行可能な大穴になる。

確信を秘めた面構えに、タマちゃんが嬉々としてほほ笑む。

「話してみんさい——あーたさんの進む道」

「うん、つまりアイツがストレートでしか必殺技を出せないなら……」

いざ説明しだすと、闘い方のイメージは曖昧模糊《あいまいもこ》とした言葉にしかならない。自由自在な発想から瑞々《みずみず》しさが抜け、陳腐な思いつきでしかないような気がしてくる。

「だから、つまり……その、こっちも狙いすまして、こう、ガツンと……」

だんだん声が小さくなる弟子へ向け、小さな師は鷹揚にうなずいた。

「その闘い方を、活かせるよう——本格的に特訓を始めようかい」

「あ、いける？　俺の発想でなんとかなる……かな？」

「あーたさんの進む道なら……この中村環生斎《なかむらかんじょうさい》が照らし出そうぞ」

子どものように幼い顔をしているのに、自信たっぷりに言いきる姿が頼もしい。嵐太《あらた》は彼女にすべてを委ねる気になった。

意気揚々《いきようよう》と輝く少年の横顔を、白葉《しらは》がまぶしげに見ていた。

「では——手始めに、これ着んさい」

タマちゃんが取り出したものは、伝書鷹《でんしょだか》が届けてくれた黒革の服だった。

第一級武拘束《ぶこうそく》〈コクリュウ〉は全身を覆う拘束衣である。

その形状は複雑に絡みあう黒革の帯によって形成されており、その先端はすべて背面から突き出した六四のつまみに収束している。これらを絞り、あるいは弛緩させることで、着用者の関節可動域を自在に制限するのだ。

「あーたさんには――今日からしばらく、これを着て生活してもらうんよ……」

「そ、それはいいけど……なんだよ、この体勢は」

嵐太は木の幹を抱きかかえるような体勢で、武拘束に締めあげられていた。すこしでも動こうとすれば、関節にねじ切れそうな激痛が走る。

「環生流の基本姿勢――いつもどおり、肩の力を抜き……楽にしんさい」

「この状況で楽になれるわけないだろ……」

吐息まじりに言うと、目の前の白い首筋がビクリと跳ねる。

「お、おい動くな、岬《みさき》！」

「そうは言っても、そんな風に息を吹きかけられると……！」

岬白葉は嵐太の眼前にいた。背を向け、青眼に鞘つきの淡雪《あわゆき》を構え、微動だにすることなく――ちょうど嵐太の腕に抱きしめられようという位置で。

「動くなよ……動いたら、そのアレだ。胸に、触ってしまうから」

嵐太《あらた》の両手は豊かな胸からわずか数センチの場所で開かれている。手首の拘束の隙間にタマちゃんが爪楊枝を入れ、軽くひねると、手がその形に固まってしまったのだ。

「これは修行であるとともに、治療なんよ——あーたさんの、体のね……」

「この痴漢《ちかん》電車のワンカットみたいな体勢がか……！」

「あの、せめて手を……手を、もうすこし離れた場所に……」

白葉《しらは》は耳も首も赤くして、いまにも爆発しそうになっていた。

なにせ、触れそうなのだ。手が。胸に。

これから握りしめて揉みしだいてエンジョイしますよ、といわんばかりに。

「昨夜……温泉で、しらーさんの胸が押しつけられるたび——あーたさんの気の流れ、おおいに乱れてたんよねぇ」

なんてことを言うのか。大声で止めようとした途端、体が動きそうになったらしく、関節という関節に武拘束《ぶこうそく》の戒めが走る。痛みで全身に脂汗《あぶらあせ》が浮いた。

「胸を押しつけとは……え、あれっ、それは、あっ、あああッ、ふあああ！」

白葉は一瞬、困惑の声をあげたが、すぐに理解したらしく喚《わめ》きだした。やはり自分から胸を押しつけていることには無頓着《むとんちゃく》だったらしい。

彼女が身震いするたび、乳房がふゆんと揺れる。

いまにも手の平に触れそうなのに、そこに感覚はない。

「……歯がゆい、という顔してるねぇ」

「してない。まったくしてないぞ、先生」

「ちなみにしらーさん——お胸のサイズとカップは？」

「きゅ……いえ、それは答えることができません」

きゅ。

きゅ、と来たか。

きゅ、ではじまるバストサイズと言えば、数値にして10の範囲しかない。

超高校生級だ。道理でいちいち天国じみた柔らかさだったはずだ。

「……あーたさん、触ってみたくないかい？」

答えるまでもなく、弟子の腕がうずいていることぐらいは察しているだろう。

「しらーさん……触られたら、どうする？」

「そのような破廉恥《はれんち》行為は……斬って伏せます」

「じゃあ——触れずに、ただ感じるだけなら？」

「触らなければ、それは痴漢行為と言えませんが、つまりどういうことですか……？」

白葉にとっては意味不明でも、嵐太にはごく当然のこととして理解できた。伊達《だて》に環生流で四年間の修行を積んできたわけではない。

感じるべきは、気の流れ。

乳房の形に添って流れる気。そこから伝わる、肉の温もりと柔らかさ。

「……岬《みさき》」

「あ、ああ、なんだ？」

「いま、俺のなかで欲望と目的が合致した」

「ん、んんんん？」

彼女の動揺をよそに、嵐太《あらた》は呼吸法で体調を整えだした。

「ふしゅううううぅぅぅ」

「んひゃっ、首筋にそんなに息を吹きかけるな！」

「ひゅるうぅうううぅぅううっ」

「すっ、吸うな……！　くすぐったいから、あんっ」

間接的に、胸に触るべし——その欲望が、腕の快復に貢献してくれるはずだ。

環生流に大きな影響を与えたインド密教によれば、人の内なる流れの源は性力であるという。ならば、性欲を的確に刺激すれば、腕から手への流れも活性化するかもしれない。引いては、体質そのものの改善にも繋がるだろう。

「ふふ……がんばりんさい、四年間のすべてを、ここに注ぎこんで——」

性力に基づく流れを活かす技術は、環生流で育まれてきた。

今日、この日、白葉《しらは》のオッパイを感じるために、自分は修行をしてきたのだ。

ちょっと違うような気もしないでもない。

「わ、わからない……宇上《うがみ》嵐太、中村《なかむら》先生、説明を求む。お願いだから、んひっ、い、息を、息をかけないで、あふぅうぅんッ！」

腕のなかで白葉は小刻みに震えつづけた。


およそ二時間後――

ふたりは停止しながら、汗にまみれていた。

とりわけ白葉はシャツから下着が透けて見えるほどに汗ばんでいる。

「一定の姿勢をとり続けるのは、座禅《ざぜん》で慣れているつもりだったが……」

「ほんのすこし膝を曲げたぐらいの体勢って、けっこうキツいんだよな」

くらべてみると、嵐太はむしろ適度な体温上昇で活気を増していた。激しい運動をともなわない訓練として、こういった姿勢を保つことには慣れている。

「中国武術のタントウというやつと同じ、なのか？」

「ああ、ヨガとか中国武術とか日本古武術とか、使えそうなものはなんでも取り入れて健康体操にしたんだってさ。膝の角度とかほんの数ミリの違いで楽になるんだけど、慣れるまで時間かかるかもな」

もはやセクハラだなんだと騒ぐ気力もないのか、白葉《しらは》は深くうなだれた。

「なんとも、胸が蒸れる……」

「へえ……蒸れるのか」

「ああ、谷間や乳房と胴の接着面などが、どうにも暑苦しくて……」

言葉がふいに途切れる。

彼女は感じとったのだろう。

背後で膨れあがるすさまじい熱量を。

「蒸れるか……そうか、蒸れる、か」

「ど、どうした。なぜそんなに、蒸れにこだわる」

なぜと言われても説明できることではない。ただ、汗ばんで蒸れた柔肉というイメージに、なんとも扇情的《せんじょうてき》で生々しい感慨が湧く。

リアルに想像できるかのようだ――

彼女の胸のまわりに漂う、生温くも香しい蒸れた匂いが。

「ひゃんんん！」

白葉は跳びあがらんばかりに肩を弾ませた。

直後、その場で転回して嵐太《あらた》に向きなおり、至近距離で淡雪《あわゆき》の鯉口《こいくち》を切った。わずかに抜かれた刃の根元が喉に迫る。

「ふ、触れたら斬って捨てると言ったはずだ！」

真っ赤に紅潮した顔で凄《すご》んでくるが、嵐太にはなんのことだかわからない。

「いや待て、触ってないって。動いたような手応えもないし」

「嘘だ！　なにかがふわっと胸を撫でた！」

「だから触ってないって！」

助けを求めて師に目をやる。

タマちゃんは静かに近寄ると、嵐太の手の平に指で触れた。

「しらーさん、ごらんなさい――」

突き出された豆粒のように小さな指先に、紅色が付着していた。

「口紅を塗っとったんよ……もし胸に触れたなら、跡がついてるはずなんよ」

「それはもちろん、付いているに決まって……」

白葉は自分の胸を見やるが、そこには紅の跡などまったく見あたらない。すぐに淡雪を鞘に収め、身を屈めて嵐太の腕の合間から脱し、深く頭を下げてくる。

「すまない……無実の君に濡《ぬ》れ衣《ぎぬ》を着せてしまった」

「わかってくれればいいけど……ちょっと神経過敏になってるんじゃないのか？」

「否定はできない……こんな訓練、はじめただったから」

戸惑う若者たちをよそに、タマちゃんは密かにほくそ笑む。

「蘇りの時は、芽吹きの時――」

してやったり、という顔だった。


この日を境に、修行は激化していく。

汗にまみれ、血を流しながら、嵐太《あらた》はけっして足を止めない。強くなるための手段が明確になったことで、よりいっそう貪欲《どんよく》に前進する。

その横顔を、少女は間近で見つめていた。

ただただ生真面目であった少女の目には、いつしか強い意欲が宿っていた。

「私も……君のように……」

肆　闘に戯れて

四月末日。ゴールデンウィークの合間に位置する気だるげな平日だが、猿神学園《さるかみがくえん》にかぎっては朝から熱く賑わっていた。

体操術研究会と陶芸愛好会の対決が生徒たちの注目を集めているのだ。

「とうとう来たか――瀬田《せた》と岬《みさき》さんが弱小同好会から解放される日が」

「しかしアイツらが簡単にやられるかね。二人であっさり二勝じゃないかい？」

「瀬田は二度やった相手に負けることは稀だからな……」

フクと白葉《しらは》に比べてみると、嵐太に対しては厳しい声が多い。

「ウガミ？　数合わせだろ？」

「魔熊《まぐま》に勝ったのも不意打ちだって話だしなぁ」

「団体戦なんぞ知ったこっちゃないさ。あの女顔がボロクズのように負けて、岬白葉《しらは》に愛想を尽かされればそれでいい……」

まっとうな意味で嵐太に興味を持ったのは、ごく少数――ただしそこには、学園内の年間闘《とう》戯《ぎ》記録から選出される猿神四天王が含まれていた。

年間試合数および勝利数ダントツ一位、〈鋼鉄人《こうてつじん》〉いわく。

「魔熊《まぐま》をワンパンKOしたヤツがいるって？　おっほ、そりゃあたまげた！　俺の次にはタフな闘士だと思ってたんだがなぁ！」

次いで最速の平均KOタイムを誇る〈スター〉。

「フクから聞いたことあるよ、意外とイケてるナイスガイだってさ」

四天王の紅一点、学園最強の女〈円魔《えんま》〉は静かに語る。

「中村《なかむら》師の内弟子が動くなら、なにかが起こるでしょう――」

そして四天王筆頭――〈人間シュレッダー〉は観戦チケットを購入するところを目撃されて、さらに騒ぎを拡大させた。

「購入動機？　いや、なんとなくだけど……なんで俺が買った途端に行列が？」

四天王が注目する未曾有《みぞう》の激闘として、チケットは順調に捌かれていった。

＊

山谷に獣の咆吼《ほうこう》が鳴り響く。

イノシシはその場で何度も地面を蹴りつけ、猪突猛進《ちょとつもうしん》の意気込みを高めている。

睨《にら》みあうは、ミイラ男さながらに包帯まみれの少年。

「今日こそ成功させてやる……！」

歯噛《はが》みをすれば、包帯に血がにじむ。どれほど無謀な試みをしているかは、包帯の下の痛みが教えてくれる。この二週間で何度も挑み、そのたびに刻まれた傷跡だ。

無謀だからこそ、やりとげる価値があるのだ。

「宇上嵐太《うがみあらた》、ムチャをするな！」

血相を変えた白葉《しらは》の横では、山ごもり中に馴染《なじ》んだキノコ人間たちもウンウンとうなずいている。

タマちゃんの姿はそこにない。彼女は昨夕、所用で一足はやく山を降りた。

この無謀な挑戦は師の課したものでなく、嵐太個人の暴走によるものだ。

「もう下山の時間だ！　夕方の闘戯《とうぎ》まで体を休めるべきだろう！」

「なに寝ぼけたこと言ってんだ！　今日、俺はハゼとやりあうんだぞ！　わざわざ俺対策まで練ってくれてるのに、気合い入れていかねぇと悪いだろ！」

「しかし……！」

「黙って見てろ！」

嵐太の怒号《どごう》に白葉は言葉を失う。

（心配してくれるのは嬉しいけど、このままじゃ勝てねぇよ）

日付はすでに決戦当日。タマちゃんと一緒に考えだした戦術は、まだ最後のピースを欠いたままだ。

目の前の障害を乗りこえれば、きっとそのピースが手に入る。

「こいよ、このブタ野郎！　叩っ殺して牡丹鍋《ぼたんなべ》にしてやる！」

挑発が通じたのか否か、イノシシの唸《うな》り声がふいに止む。

ほんの一瞬――溜めこまれたバネが、爆《は》ぜるような唸り声とともに解放された。

巨大な質量の塊が一直線に突っこんでくる。瞬きする暇もあれば、その姿が視界で大きくなっていく。

「直線軌道、高威力……おあつらえ向きだ！」

これまでそうであったように、イノシシの姿がふいに弾んだ。

勢いのままに跳躍し、鼻面から突っこんでくる。

視界をいっぱいに埋めつくすイノシシへと、嵐太《あらた》は刹那《せつな》に狙いを澄ます。

「ツラァ！」

渾身の一撃が、砲弾と化した獣に激突した。

＊

体操術研究会は歓声をもって学園に出迎えられた。

おりしも三限が終わって、一〇分の休み時間に入ったところだ。

眉をひそめる白葉《しらは》の耳に、無責任な放言が飛びこんでくる。

「山ごもりで熊殺しとは、今時クラシックなことしやがって……」

「その女顔、人間シュレッダーから上納金せびってるって聞いたぞ」

「株で儲けて山に宇上《うがみ》パークを建てたと聞いた」

「うちの婆ちゃんが危篤《きとく》なんだ……おまえの波動治療で助けてくれ！」

伝言ゲームで噂に尾ヒレがつきまくって、もはや原型すら留めていない。その主な原因は、新聞部の野放図《のほうず》な号外である。猿神学園《さるかみがくえん》において、新聞部のゴシップ記事はいつも面白半分の生徒を駆りたててやまない。

渦中の人物は白葉に背負われて寝息を立てている。

「悪いが……静かにしてくれ。彼はまだ休んでいる」

婦女子におんぶされての帰還など、本来ならお笑いぐさだ。しかし、このときばかりは勝手が違う。嵐太の顔面に巻きつけられた包帯は血に染まり、ジャージもほつれてボロボロ。小柄ながらも野性味あふれる猛者という出で立ちである。

——女顔が気合い入れてきやがった。

その評判は無責任な噂に負けじと学園を駆けめぐった。

嵐太が目を覚ましたのは、四限もなかばの時間帯だった。

「ん、ぉお……お、イノシシこらぁ！　ぶっ飛ばしたらぁオラァ！」

飛び起きて、はたと気づく。

イノシシの姿はどこにもない。長方形に並べられた長机と、キノコ栽培の瓶を並べた水槽が目立つ。見慣れた部室の風景だ。

寝かされていたのは、床に敷いた毛布の上らしい。

「おはよう、宇上嵐太《うがみあらた》」

毛布のそばに白葉《しらは》が正座している。彼女の姿と、眠っているあいだの記憶の欠落が、自分になにが起きたのかを教えてくれた。

「おまえがここまで連れてきてくれたのか？」

「ああ、なんとか昼休み前に到着できた」

「そうか、サンキューな……」

できれば自分の足で歩きたかったが、状況が状況なので仕方ない。

それよりも、意識が消える寸前の出来事が問題だ。

イノシシに渾身の一撃を食らわせようとしていたはずだが——

「俺……また失敗しちまったのかな」

無様に失神して山ごもりが終わったのだとすれば、ひどくやりきれない。

「君の携帯電話だが、見てくれ」

白葉は長机から嵐太の携帯電話を手に取り、折りたたまれた状態から妙に手間取りつつ展開して見せた。

待ち受け画面に設定された画像が、眠気を吹き飛ばしてくれる。

「キノコ人間のお二方に協力してもらい、撮影しておいた。勝手に使ったことは謝るが、証拠を見せないと君も納得しないと思って」

「いや、ありがたい。本当に……ありがとう、岬《みさき》」

嵐太は携帯電話を握りしめ、イノシシが昏倒している様に見入った。

相打ちなら上々だ。前日までは一方的に気絶させられていたのだから。すくなくとも本番への足がかりはできたと考えていい。

「本当に……イノシシも、ありがとう。先生に飼い慣らされてくれて、ありがとう」

「キノコ人間のお二方からの伝言だが、君ならやれると親指を突きたてた」

「ああ、うん、声まで出しちゃったのか、あの人ら」

「しゃべれるとは思わなかったから驚いた……それに、礼儀を知っておいでだった。怪異にも人徳というものは備わるのだな」

キノコ人間は二体。先月、卒業したOBは二名。そのことを追及する気はない。彼らが特訓につきあってくれた事実が、いまはただありがたい。

「後は本番だ……デビュー戦でデカイの一発ぶちこんでやる」

「その前に仮免許だ。身体検査を受ける必要があるが……」

「あ」

「……もしや、それを忘れてイノシシにぶつかっていったのか」

嵐太《あらた》は冷や汗にまみれた。

生傷はモノの数でないとして、問題は内臓へのダメージだ。イノシシの突進を受けたのだから、数時間の睡眠で快復するかは心もとない。もし免許が取れずに不戦敗となれば、他の二人が勝利して研究会が存続しても立つ瀬がないだろう。

(いや……それ以上に、俺が納得いかねぇ)

ただ純粋に、闘戯《とうぎ》がしたい。四年間の想いを、ここに結実させたい。

「なら……仕方ない、か」

白葉《しらは》はその場で立ちあがり、凛々《りり》しげに眉を引き結んだ。

「いまならだれもいないから……例の練習に、付きあってもいい。アレには君の体調を整える効能もあるのだろう?」

「アレって……後ろから、その、胸の?」

彼女は静かに首肯をすると、どういうわけか着替え済みの制服からリボンを抜き取った。「失礼」と断りを入れ、リボンで嵐太に目隠しをする。

「えっと、どういうつもりだ……?」

暗闇にかすかな衣擦《きぬず》れの音がした。ふぁさ、と柔らかいものが落ちる。

鼻先に彼女の気配がやってきた。

「こちらの準備はできた。さあ、いつもの体勢に」

言われるまま、樹木を抱きかかえるような体勢になる。腕のなかに温もりを感じた。

いつもよりも、ずっと近くに彼女の〈気〉が流れている。

「んっ……中村《なかむら》先生の言っていたとおり、障害物がないほうが感じやすいようだな」

「おまえ、まさか服……」

「いいから、はやく調子を整えるんだ。昼休みまで時間がないぞ」

「もしかして、またテンパッてないか、おまえ」

腕の間で、もじりと白葉が微動する。

「君を……闘わせてやりたい。それだけだ」

もはや言葉はいらない。嵐太は彼女の厚意に甘え、腕のなかの温もりを触れることなく感じとることにした。

手の平は武拘束《ぶこうそく》なしでも自然と開かれている。まだ自由な開閉はできないが、この指の角度ならば保てるようになった。手首の可動に関してはほぼ完全快復。

「おまえのおかげだな」

ぽつりと呟く。

「おまえが付きあってくれたから……ここまでこれた」

「そんな……付きあうだなんて、別に私は、そんな……」

腕のなかで、白葉《しらは》がモジモジする。空気の震えが手の平を撫でた。質量のある二つの肉塊が揺れているのだろう。

目に見えずとも、その〈流れ〉を感じるだけで血が沸き立つ。

思い描くだけで、体内の〈流れ〉が活気づく。

「ンッ……！」

白葉がうめくのは、胸を撫でられたように感じているからだ。それはけっして錯覚ではない。熱を帯びた濃密な気の流れが、彼女の乳房を粘着質に撫でまわしている。

嵐太《あらた》の手首から漏出する気の流れである。

「あぁ……やはり二週間経っても、この感覚には、んあッ、慣れないな……」

「訓練とはいえ、すまない……」

謝りつつも、嵐太は生唾を飲まずにいられない。

この訓練をくり返すこと二週間——手首から漏出する気の流れは、新たな循環経路として体内の流れに接続されている。白葉の乳房を意識して、性力により手首を活性化させた結果である。嵐太の手は、見た目の倍以上の範囲に触れることができるのだ。

（感覚的には素で撫でまわしてるようなもんだぞ、これ……）

岬《みさき》白葉の素肌の柔らかさと温もりを、手の平にしっかりと感じる。衣服があれば、もうすこ

し感覚は「遠い」のだが、いまは下着を残してすべてが晒《さら》されている。

見事な曲面に、生唾を何度飲んでもすぐに喉が渇く。

「はぁあ、あぁん……」

嵐太《あらた》の興奮が高まれば気の流れも激しくなり、白葉《しらは》のうめきも大になる。脳に響く甘い声だ。雄を誘う発情期の声だと脳が認識したがっている。

だが、嵐太は耐えた。

「大丈夫だ、もうすこしで……体調も整いそうだ」

たわわに実った白果実に、むしゃぶりつきたい。直接つかんで、揉みまわしたい。そんな欲望に抗えるのは、強い目的意識あればこそだ。

「体調を整えて、仮免許を取得して、勝つ……勝つぞ、岬《みさき》」

「ああ……勝ちたいな。私も、そう思えるようになってきたかもしれない」

たがいの顔を見ずとも、自然と同時にうなずきあっていた。

二週間の山ごもりは、ただふたりの肉体を鍛《きた》えただけではない。むしろ白葉にとっては精神修養の意味あいが強かったようだ。そして、ふたりは数年来の友人のように近しい距離で、たがいの体温を感じあい——

「ハイちょっと失礼しますよ！」

部室の扉が全力で開かれた。

気配でわかる。甲坂美亜《こうさかみあ》だ。おぞましい陶器を抱え、目をパチクリさせている。

「わが陶芸愛好会の……ぶし……ぶ、ぶしっ、ぶ、ぶ、ぶしゅはっ」

彼女の顔の方から高熱が感じられる。きっと火にくべた素焼きの壷のように紅潮しているのだろう。もっとも、それは白葉と嵐太も同様だ。ドアが開かれているのに室温が三度ほど上昇したように思えた。

「な、なななななにしてんのよ、アンタたち！」

「これはだな、甲坂……その、一から説明すると長いんだけど、なんつーか」

「風紀の乱れ！　風紀委員が風紀乱しまくってんじゃないわよぉ！　信じらんない！　マジ意味わかんないし！　せっかくの部室なのに、淫行目的に使うぐらいなら芸術活動のために使わせなさいよ！」

「だから違うんだ、そういうんじゃなくて、そもそも山ごもりでだな……」

嵐太はしどろもどろに要領を得ない返答をする。

「ごほん」

白葉が咳払いをして不毛な言いあいを止める。彼女だけは赤面しながらも、平素と変わらぬ真っ直ぐな目つきで、毅然とした言葉を紡ぎだした。

「やましいことはなにもない。これは本番に備えての訓練だ」

「ヤル気満々じゃないのよ！」

「違う甲坂《こうさか》、そういう本番ではなくてだな」

修正しようとする嵐太《あらた》の努力を、真面目ぶった白葉《しらは》が粉砕する。

「私は闘《や》る気満々だ。宇上《うがみ》嵐太があまりにも情熱的だから、影響を受けてムラムラと湧きあがる衝動を抑えきれない。ゆえに、全身全霊を賭けて闘ろうと思う」

ああ、と嵐太は理解した。

彼女は例のごとく、完全にテンパっている。嵐太ですらパニック寸前なのだから、自分の発言が客観的にどうなっているのかなど、いまの白葉にわかるはずがない。

挙げ句の果てに、

「この気持ちを――甲坂先輩、あなたにぶつけます」

「えっ、ちょっ、私ッ？」

取り返しのつかない宣言をしてしまった。

もうなにをどう取りつくろっていいのか、嵐太にもわからない。

静かに信念をこめた視線が、美亜《みあ》を射抜いて身震いをさせる。狂犬《きょうけん》と呼ばれた少女が気圧《けお》され、後退していく。

「こ、この部室は、ソドムとゴモラだわ……許しがたい！」

美亜は突如として燃えあがった。一時の怯えが燃料となり、彼女の反骨心を強くたくましく焼成《しょうせい》していく。

「勝たなきゃいけない理由が、またひとつ増えたわね……この部室、絶対に私がもらうから！その女顔は私の手元に置いて、陶芸を通じて更生させてやるんだから！」

「えっ、俺も？」

「先輩との真剣勝負、楽しみにしています」

「ひっ、そんな目でこっち見んなぁ！」

やっぱり美亜は気圧《けお》され、ドアを乱暴に閉めて逃げだした。

しばしの沈黙後、ワンテンポ遅れて、嵐太は構えを解いた。

白葉はいそいそと服を着て、嵐太の目隠しを取ると、顔を覆ってうずくまる。

「混乱して変なことを言ってしまった気がする……」

「……まあ、あいつ狂犬だけど、たぶん口は軽くないから……無駄に触れまわるようなことはしない、と、思う」

「う、うむ、そうだな……それに、誤解は誤解だ。堂々としていればいい」

もし新聞部なら尾ヒレをつけて言いふらし、例の物騒な黒幕金箱を肥え太らせていたところだろう。比べてみれば、狂犬のなんと良心的なことか。

「ただ……あのときのことを、謝り損ねてしまった」

白葉の後悔とともに、四限終了のチャイムが鳴った。

昼休みはけっして安息の時ではない。

むしろここが正念場。嵐太が免許を取れるか否かの試練が始まったのだ。

嵐太《あらた》の身体検査が終わるのを、白葉《しらは》とフクは保健室前の廊下で待っていた。

一心に保健室の扉を見つめる少女を、フクは感心したように見つめる。

「二週間でずいぶん変わったね、岬《みさき》さんは」

以前の彼女なら、ただただ「待つ」という義務に殉じるような生真面目さがあった。今の白葉も生真面目な顔ではある。ただ、一文字に結んだ口がときおり蠢《うごめ》く。ドアの向こうの少年が気になって仕方ないというように。

「私は――すこし、前向きになれたかもしれません」

「アラッチとの距離、近くなったからじゃない？」

「彼のことは……ただの抑圧的でひねた人間だと思っていました。斜に構えて、不機嫌で、不良ではないだけの不真面目な生徒だと。でも、この二週間でわかったんです。彼は繊細で、意地っ張りで、でも強い気持ちを秘めていて……」

「意外と優しい、でしょ？」

フクは嬉しげに目を糸にした。

「アラッチは根はいいやつなんだ。この四年でずいぶんとひねくれちゃったけど、魔熊《まぐま》にブチキレたときだって、俺のためにあんなに怒ってくれたわけだし」

「私も一度、助けられました。一歩間違えれば自分が死んでしまうかもしれないのに、宇上《うがみ》嵐太は臆することなく身を呈《てい》して、私を救ったのです」

「それなら、さ」

フクの顔に太陽のスマイルがニンマリと浮かぶ。

「呼び方、もうちょっと砕けてもいいんじゃない？」

「やはり……瀬田《せた》会長もそう思われますか？」

「フルネームはいくらなんでもね」

ドアが勢いよく開かれたのは、そんなときだ。

嵐太は目を潤《うる》ませ、全身をプルプルと震わせている。

白葉が息を飲む。フクの顔からも笑みが消える。

声もなく、嵐太は両手に挟んだ検査用紙を持ちあげた。

——合格。

インクも生乾きの新鮮な印が押されている。

「殴れ、フク。これが夢じゃないか確かめたい。殴れ、フク」

即座にパチンッと額に輪ゴムを受け、嵐太はのけ反《ぞ》った。

輪ゴムを放ってきたのは、いつの間にかフクの横に佇んでいたタマちゃんだった。

彼女は検査用紙とおなじサイズの紙を嵐太に渡した。

「必要事項は埋めといたんよ……あとは実印を押しんさい」

仮免許の申請用紙は達筆気味の字で埋めつくされていた。字体が違うのは唯一、保護者欄のみだ。見覚えのある字に嵐太《あらた》は呆けた顔をする。

「これって……父さん？」

「相変わらずご多忙なようで……観戦は無理らしいから、なんとかサインだけお願いしたんよ――先生の名前でも問題ないけど……せっかくだから、ねぇ」

嵐太の両親は仕事の都合で海外に出ている。なにかと忙しいふたりが日本までやってくる暇はあるまい。だとしたら、タマちゃんは飛行機で海外に飛び、サインをもらってとんぼ返りをしてきたということだろう。

「父さんはなんか言ってた？」

「キツイの一発ぶちかませ――と」

「お、おお……そうか、キツイのか」

間接的とはいえ、嵐太は久方ぶりの肉親とのコンタクトに昂揚《こうよう》を隠せない。

ハンコを押す際は、震える手に白葉《しらは》の手が重ねられた。彼女が上から握りこめてくれなければ、嵐太の指は折りたためない。

申請用紙に赤インクで自分の名字が押されたのを確かめ、事務室へ向かう。

「ああ、ぶちかましてやる……俺の溜まりに溜まった闘争本能を！」

「あと──そろそろ恋人のひとりぐらいできたか……とは、風子さんの言」

「ぶちかますさ、キツイの一発！」

「聞いてないね、アラッチ」

「よほど嬉しいのだな……本当に無邪気な人だ」

ちなみに、これらの会話は通りすがりのふりをした新聞部に拾われていて、後に『溜まりに溜まった本能を岬白葉《みさき》にぶつける！』という見出しで大波乱を巻き起こすのだが──それは全てが終わったあとの話である。


体操術研究会と陶芸愛好会の仕合は大好評につき、当初予定されていた旧第三格技場では観客の収容が不可能となった。

両会から主催を委託された生徒会執行部は、急きょ校庭に会場を変更。各種スケジュール調整と特設リングの緊急設置を計上して、なお利益が出ると見越してのことだ。

「どんどん大事になってくな、俺の初舞台」

嵐太は教室の窓から慌ただしい校庭を見下ろし、独特の昂揚感《こうようかん》と弁当を一緒に味わった。手にくくりつけたフォークで白飯をすくい、一粒も落とすことなく口に放りこむ。仮免許発行後に食べる白米は、とびきり甘くて旨い。昼休みに余裕があって本当に助かった。

「………」

白葉《しらは》はまじまじと嵐太《あらた》の手つきを見守っている。

「そんなにじっと見てなくても大丈夫だから。こぼさないから」

「すまない、やはりまだ慣れなくて」

「俺の世話してたのなんて、ほんの一週間程度じゃないか」

ハイ・アーン生活は山ごもり五日目にして取りやめとなった。いつまでも世話になっていたらダメになると感じたからだ。白葉にとっては日常の義務と化していたが、懸命に頼みこんでなんとか譲歩を引きだした。なにかしら不測の事態が起きたときには、かならず力を借りる、という条件つきで。

「ほれ、慣れたもんだろ。両手のフォークを使って……あむん」

卵焼きを口に放りこみ、得意げに頬ばる。顔の包帯が汚れることもない。

これでもうクラスメイトから嫉妬《しっと》の視線を向けられることもないはずだ。

「……味は、どうだろうか」

「うん、悪くない。おいしいよ」

「よかった。口に合わなければどうしようかと」

「はじめての弁当でこれだけ作れりゃ充分だよ」

その瞬間、教室の空気が憎悪で煮凝《にこご》る。岬《みさき》白葉のはじめてのお弁当――その時点で嫉妬を招くには充分であると、嵐太は思いいたらなかったのだ。

（二週間も間近にいたから、距離感が狂っちまったのかなぁ）

嵐太が警戒を強くするのに対して、白葉はしかつめらしく無防備なセリフを吐いた。

「昨夜はふたりきりだったから、中村《なかむら》先生に相談することもできなかったが——口に合うなら何よりだ、うむ」

昨夜＋ふたりきり。いかにも思春期の若者を刺激するフレーズだ。

「それにしても昨夜は激しかったな……」

たぶん特訓のことだろうが、あまりにも誤解を招きすぎる。

「君があまりに必死だから、私もすこし張り切りすぎたかもしれない」

もはや周囲に正常な判断を求めることも無理だろう。クラスメイトの耳には白葉の言葉がすべて淫猥な告白にしか聞こえまい。

知ってか知らずか、いやまったく知らないだろうが、白葉は平然としている。

「君とは二週間でずいぶんと……その、仲良くなれたと思う」

「うん、そうだな……仲良しだな、うん」

「だから……その……できれば、でいいのだが」

白葉はうつむき加減になり、上目遣いで訊ねてくる。

「ええと、なんといえばいいのか……」

ほのかに血色のよくなった顔は、見とれてしまうほど愛らしい。

そこかしこで喉が鳴っている。クラスメイトにしてみれば、白葉《しらは》の恥じらう姿など砂浜で拾うダイヤモンドよりも希少に思えるだろう。

「なに、かな」

嵐太は身を固くして話を促《うなが》した。

一刻もはやくこの話題を済ませなければ、針のむしろが続くだろう。そうでなくとも、くすぐったくて気恥ずかしい空気なのである。闘戯《とうぎ》前に調子が狂いそうだ。

「うむ……」

白葉はいったん深呼吸をして、姿勢を正した。

決意した彼女の言葉は、もはや留まることがない。級友にはっきりと聞こえる声量で、教室の空気を鋭く切り裂いて、嵐太に突きつけられる。

「おたがいに、名前で呼びあってみないか」

その日、〈宇上《うがみ》嵐太を合法的に懲罰《ちょうばつ》する募金〉に怒りの追加金が殺到した。

より激しく、より残酷な制裁を――！

怨念の坩堝《るつぼ》と化した黒い募金箱は、しかし行く先を見失ってしまう。

「前金は充分すぎるほどもらっている。これ以上は過払いだ。あとは成功時に規定の報酬を払ってくれればいい……すまんな」

「うがうが」

ハゼと魔熊《まぐま》に門前払いを受け、交渉担当は途方に暮れた。抱えた箱がやけに重たくておぞましい。一刻もはやく使い道を見つけなければ、このまま得体の知れない妖怪にでもなるのではないか。

「……次善策は必要、かな」

その思考すら、すでに悪意の流れに飲みこまれていたのかもしれない——

＊

特設闘戯場は放課後に入ると同時に完成し、大量の観客を収容した。

リングを中心に観客席を階段状のアリーナとして形成。椅子は観客が教室から持ってくるセルフサービス方式。資材は過去のイベントの使い回しで事足りた。

ロープで仕切られたリング上では、ジャッジプラクターがスタンロッドを華麗に振りまわしている。ひとしきり歓声を浴びると、キュートな仕種で決めポーズ。

「ジャッジプラクターはわたくし、オーバーアリスでお送りしまーチュッ♪」

金髪碧眼の少女ジャッジは投げキッスで観客を沸かせる。通常の顔全体を覆う白仮面でなく、目のまわりだけを覆うドミノマスクだからできることだ。

マントは腰丈。腰尻の肉づきはまだまだ発展途上だが、脚がスラリと長い。

大場《おおば》アリスと言えば、中等部の名物ジャッジプラクターである。

「生徒会のやつら、随分と奮発してくれたなぁ……ヘタしたら俺の仕合より大場のほうに注目が集まるんじゃないのか」

嵐太《あらた》は陣幕で仕切られた選手控室からリングを覗いていた。軽口を叩きながらも、緊張に汗が止まらない。デビュー戦を大声援に彩られ、緊張するなと言うほうが無理だ。

「ロープはすこし厄介だな」

白葉《しらは》は冷静にリングを観察していた。

「私の相手は甲坂《こうさか》先輩だからいいが、ボクサー崩れのハゼとプロレス崩れの魔熊《まぐま》はロープワークを駆使してくるかもしれない」

「ああ、確かに……ロープワークの練習はしてないからなぁ」

ふたりが真剣に語りあうそばで、フゥーフゥーと激しい鼻息が鳴る。

先鋒のフクは試合用のトランクスのみを身につけ、逞しい上半身を露わにしている。その筋肉が、形相が、熱を帯びてほの赤い。

「……僕は今日、ちょっとやりすぎてしまうかもしれない」

ぼそりと呟き、フゥーと鼻息を漏らす。

「アリスちゃんが見てるなら、僕はケダモノになるかもしれない」

「おまえ、ああいうのが好みだったのか……」

「だってパッキンだよ？　パッキンで胸も上品な大きさだよ？」

「俺はああいうわざとらしいのはダメだ」

「心なしか下品だと揶揄《やゆ》されたような気がする……」

白葉はたわわな胸をぽふぽふと叩いた。


「それでは選手入場！」


三人は陣幕を出て七メートル四方のリングへ向かった。

歓声がより間近に感じられるにつれて、武者震いに膝が笑う。

「俺、大将でよかったかも……先鋒だと闘えんわ、これ」

「私もここまでの大舞台は初めてだ」

「燃えてきたね、うん。魔態には悪いけど轢殺《れきさつ》になるよ」

それぞれに反応を示す会員の後ろで、タマちゃんがパチパチと手を叩く。

「はいはい、深呼吸——自分の努力を信じて……泰然自若に」

小さな顧問《こもん》教師のみリングサイドで足を止め、選手三名はリングにあがる。

同時に入場してきた陶芸愛好会と向きあった。

「ルールは簡単、三対三の団体戦！　二勝以上で決着でーす！」

制限時間は3ラウンド各五分。グローブは任意。勝敗はノックアウト、TKO、ギブアップ。反則は目つぶし、金的、噛みつきなど。ごく一般的な学生闘戯《とうぎ》ルールだ。

選手一同の一礼が終わると、先鋒以外はリングサイドに退出する。

「フク、リベンジ決めてやれ」

「フンッ！　フンッ！　アリスちゃんのまえでフンッ！　快勝快勝ォ！」

フクは右腕を振りまわして、いつになく自己アピールをしている。その後ろ姿に、嵐太《あらた》は一抹の不安を覚えた。彼の左腕は右腕よりもあきらかに細い。骨折してからトレーニングもできず、筋肉が萎《しぼ》んでいるのだ。

くらべてみると魔熊《まぐま》のほうは相変わらずの筋肉ダルマだ。

「うごぁああッ」

得意のパンプアップで学生服を破裂させ、自慢の筋骨を見せびらかす。

「あのバルク野郎、一回り大きくなってないか？」

嵐太はとっさにタマちゃんを見た。

彼女は柔らかな頬に人差し指をぷにりと押しつけ、「んーむ」と唸《うな》る。

「脂肪……だねぇ。皮下脂肪の鎧を分厚くして、耐久力をあげ——支えるための筋肉も増している。体重にしておよそ、七キロ増……」

「耐久力が増しているなら、瀬田《せた》先輩が圧倒的に不利なのでは？」

白葉《しらは》の見立ても無理はない。以前フクが魔熊と闘ったときは、直撃を当てながら攻め崩すことができなかった。片腕だけとはいえ筋肉の萎んだ状態で、はたして打撃が通用するのかは疑問だろう。嵐太とて心配ないとは言いきれない。

それでも、瀬田福之介《ふくのすけ》ならばなんとかしてくれると、嵐太は信頼していた。

「フクは二度やって二度とも負けたことは一度もない。四天王の〈スター・ロミオ〉にだって、二度目ではドローに持ちこんでるんだ」

「そう言えば、聞いたことがある――」

白葉は細顎に手を当てて記憶を探った。

「パーフェクトリベンジャー、瀬田福之介」

その二つ名は観客席からも期待をもって唱えられている。

オーバーアリスのスタンロッドが派手に振るわれた。

「仕合開始ぃ！」

＊

フクは軽快に距離をつめ、右の逆突きを魔熊のみぞおちに叩きこんだ。

以前と似たような出だしだが、再現にはならない。

打ちこんだのは正拳ではなく、中指を関節ひとつ分立てた中高一本拳。

「おまえさんの筋肉は密だから、正拳よりこっちのが刺さるだろ」

「ご、おぉお……ッ」

魔熊《まぐま》の頭が大きく下がる。

その太い顎を、フクは左掌底《しょうてい》で押しあげた。カツンッと歯と歯が打ちあう。

その動作で右一本拳は腰に引き戻し、次弾へ繋ぐ。

「ここなんか鍛《きた》えようもない」

放つは右の貫手。狙うは掌底でさらけ出された喉。

見事に深々と刺さって呼吸を止める。

「がっ、がぁあッ！」

魔熊は苦しげにうめきながらも、巨大な手を駆動する。息が止まった程度で停止するような筋肉ではないのだ。

大人を軽々と放り投げる規格外の腕力が、獲物を求めて力強く迫りくる。

「そう来るよね、おまえさんなら」

フクは素早く大きくバックステップ。魔熊の手をかわす。

そして、ロープを背で思いきり押した。

たっぷり反動をつけて、勢いよく懐へ突っこむ。

「うがッ！」

魔熊は腕を折りたたんで抱きこもうとした。どれだけダメージを食らおうが、つかんだ時点で勝てる——そんなプライドに基づいた動きは、
スカッ。

空を切るだけに終わった。

「残念でしたぁ！」

フクの声の出どころは、背後。

彼は並はずれた俊敏《しゅんびん》さと柔軟さによって魔熊の股下をくぐりぬけたのだ。

対面のロープに飛びこみ、ふたたびの反動に身を投げだす。

「おぉっと、これは大技ぁー！」

ジャッジ・アリスの声に煽《あお》られ、会場で歓声があがった。

フクの体は低空で回転し、足が鋭く弧を描く。胴廻し回転蹴りだ。

振り向いた魔熊の顎に——フクの計算どおりに、加速したカカトが叩きこまれた。

「がッ！　あぁあッ、がッ！」

ブタの丸焼きじみた太い首が、衝撃に耐えて顎を支えようとする——が。

ロープの反動で遠心力を加速させ、全体重を振りまわす一撃は、ハイキックの比ではない。

直後にはかかとが振り抜かれ、太い顎が真横にまで跳ねあげられた。

頭部が激しくブレると、頭蓋の内側で脳がシェイクされる。

「が……うが、あぁ……」

脳の機能が鈍磨《どんま》し、魔熊《まぐま》の巨体が力なく揺らいでいく。

それでも、彼は踏みとどまった。白目を剥き、泡を噴きながら。

ただ重いだけの飾りとなった体が、手をつく寸前で踏ん張っている。

「こりゃ驚いた……まだ立ってられるのか」

脳のコントロールを受けずともなお駆動する、筋肉。

鍛《きた》えられた、筋肉。

彼の筋肉に魂は宿り、意識がなくとも動くのだ。

「なら僕も、敬意を表して――奥の手を使うよ」

「おぉっとリベンジャー・フク、なにやら怪しげな動、き……を……」

ジャッジ・アリスの実況がかすれていく。

フクはトランクスに手を突っこみ、キノコを取り出した。

比喩表現でなく、正真正銘、彼の秘蔵の菌糸類である。

「このパンプアップキノコで僕の潜在能力を最大限に引きだす……！」

フクは赤いキノコを一口で丸呑みにした。

たちまち彼の筋肉はパンッパンッと音を立て、見るからに膨張《ぼうちょう》していく。

陽炎《かげろう》が漂うほどの高熱を帯びて、増幅された膂力《りょりょく》の塊へと——フクは生まれ変わった。

握り拳に無数の血管を浮かべ、リベンジの一撃を放たんと構える。

「受けてみろ、魔熊……これが僕の魂をこめた必殺の！」

「瀬田《せた》選手、反則負けー」

「えっ」

無情にもゴングが鳴り響いた。

激しいブーイングが巻き起こり、無数のペットボトルがリング上のフクに投げつけられる。

状況が理解できないというように、フクはきょとんとしていた。

「なんで？　アリスちゃん、どうして……？」

「あのね、瀬田先輩。それ、ドーピング」

「意味がわからないよ……いったい何が言いたいんだい？」

「なんでわからないのか、こっちが意味わかんないっていうか」

大場《おおば》アリス自慢の営業スマイルが苛立《いらだ》たしげに痙攣《けいれん》した。それどころか、冷ややかな瞳は軽蔑の色すら浮かべている。

憧れのアイドルに蔑まれ、フクはますますいきり立った。

「誤解があるようだから説明するけど、これは僕の愛情を一心に受けてムクムク大きくなったキノコなんだ。言わば僕の体の一部——ほら、もう一個あるから見て！」

またトランクスからキノコを取り出し、アリスの顔に近づけた。

「ほら、こっちは笠が広がっててたくましいでしょ……！」

「……くさっ」

アリスはとうとう露骨に顔をしかめた。

「じきにこの匂いが病みつきになるさ……！　だから、さあレッツ・キノコ！」

「えっとね、瀬田《せた》選手。そろそろ退場してくれるとアリス嬉しいかなーって」

「見て、ぼくのキノコを見て……！　これは僕の熱い魂……ほら、キノコに触れてみてよ、僕の体温でぬくぬくのキノコに！　ねぇアリスちゃん、僕のキノコを！」

「瀬田先輩、マジキモい」

フクは真っ白に燃えつきた。

——かに思われた。

だしぬけに魔熊《まぐま》が咆吼《ほうこう》し、両腕を振りあげるその瞬間までは。

「うがぁああぁああ！」

巨大な拳は敵も審判も無関係に叩きつぶすための鉄槌となった。頭に血が登って暴走した魔熊には、見境など一切ない。

対するフクは、瞬時に冷静さを取り戻した。

「よっと」

下段蹴りで魔熊の足をすくう。

体勢を崩した巨獣はロープに突っこみ、その背にスタンロッドが押し当てられる。

「ホイ、制裁！」

アリスの電撃によって魔熊は失神し、今度こそ先鋒戦は終了した。

もちろん勝敗は覆ることなく、フクに対するアリスの評価も「キモい」のまま定着したのだった。

リングサイドに降りてくると、フクは目に涙を浮かべていた。

「ショックだ……アリスちゃんに理解してもらえないなんて。ドーピングのはずないじゃないか。だってキノコは、僕の体の一部みたいなものだよ？」

「フクさん――校庭二十周」

「えっ、タマちゃん先生なにゆえ？」

「いいから、二十周」

顧問《こもん》教師のささやかだが柔和《にゅうわ》な笑顔は、逆らいがたい圧力を有する。

ランニングをはじめたフクに、観客席からペットボトルと罵声が投げかけられた。

「……おい、俺たちが悪役《ヒール》みたいな空気だぞ」

「それより初戦で一敗が痛い。あと二勝するしかなくなった」

「勝ちゃあいいんだろ、勝ちゃあ。俺とおまえで二勝だ」

強気な嵐太《あらた》に、白葉《しらは》は神妙な顔でうなずいた。

「中堅さん、リングにあがっちゃってくださーいね♪」

アリスの催促《さいそく》にも、やはり白葉は神妙にうなずく。

腕につけていた鎖を外し、淡雪《あわゆき》をかたわらの刀掛けに置いた。岬《みさき》家から取り寄せた淡雪専用の台で、特級武拘束《ぶこうそく》サキガミの鎖で固定する構造となっている。

我が身を離れた妖刀に、白葉は祈りを捧げるように手をあわせた。

「――行ってくる」

「岬、頼むぞ」

嵐太の呼びかけに、白葉はどことなく不満げだ。

「……名前で呼ぶようお願いしたいのだが、無理、か？」

不満げで、どこか心細げな彼女を見ていると、照れくさくても呼ばざるをえないと思えた。

かすかに息を飲み、彼女の名を呼ぶ。

「白葉、頼んだ」

「わかった、あら、あら、あら……宇上《うがみ》くん」

「てめえ」

「あら、た……」

「いいからはやく行けって」

「うむ」

白葉はロープをつかんで跳びこえた。

紺の武道袴をひらめかせ、リングに着地する。白の半着も清廉《せいれん》で、その立ち居は古めかしい武家を思わせるほど凛然としていた。その手に淡雪がないことに、一部の観衆がどよめいている。

「どういう心境の変化よ。ハンデなしでやり合いたいなんてさ」

美亜《みあ》はロープをくぐってリングに入ると、首を回してこきりと鳴らした。上は紺の甚平《じんべい》で下はホットパンツと、独特の気合いが垣間見える。

「憧憬《しょうけい》です」

「は？」

「私も——彼のような気持ちになってみたい。そう思っただけです」

白葉の視線の先にあるものを見て、美亜は鼻で笑った。

「あのときのアイツみたいに、その綺麗な顔も血まみれにしてやるわよ。そりゃーもう徹底的にね。覚悟はいい？」

　ことさらワルぶるような、嗜虐的な流し目に対して、ぺこり。

白葉《しらは》は深々と頭を下げた。

「あのときは誤解から非礼を働いてしまいました。ごめんなさい、甲坂《こうさか》先輩」

「ふえっ？　あ、えぇ？　それは、アンタそりゃあ……ねえ？」

敵意が空回りして、美亜《みあ》は居たたまれずに目を逸《そ》らした。

「調子狂うわ、もう……」

困惑の舌打ちを合図に、ジャッジ・アリスがスタンロッドを振りあげた。

「それでは中堅レディース対決ぅ――はぁじめ！」

ともに素足、摺り足で、距離を詰める。

先に間合いに入るのは白葉。彼女のほうが美亜よりもほんのわずかに背が高く、手足はいくらか長い。

「で、どうすんの？　今回も消極的に……」

煽《あお》ろうとする美亜の言葉は、白葉の挙動を前に立ち消える。

「シィッ！」

白葉の呼気がリングを走り、右貫手が鋭く空を駆けぬけた。

視線とおなじく一直線に、相手の喉を貫かんとして。

「ッしゃあ！」

美亜の右平手が手刀を撃ち落とした。武道や格闘技のセオリーからほど遠い、反射神経頼りの乱雑な防御だ。不自然な動きに構えは崩れ、右の脇腹が白葉に晒《さら》される。

肋骨の真下へと冷酷な左貫手がくり出された。

「フんヌあぁッ！」

ガクンッと美亜は膝を抜き、みずから前方へ飛びこんだ。

間一髪で貫手をかわし、リングに平手をつく。

「〈砂舞い〉いぃ！」

地面であれば砂煙が舞いあがる一撃が、リングを激震させた。

「こーれは激烈ぅ♪」

ジャッジ・アリスはコーナーポストにしがみつき、腰をしならせたポーズで客目を惹こうとする。だが観客の視線は、一瞬の攻防に魅せられたまま動かない。

ふたりは足を取られてロープに後退した。

「すごい動きですね、甲坂先輩……めちゃくちゃなのに、帳尻が合う」

白葉の引き締まった相貌《そうぼう》が、うっすらと緩む。賛嘆の笑みだ。

「ふんっ、先の先で切り崩せると思った？　おあいにく様！　窯《かま》って大きいから、一度に十以上の作品を同時に焼成《しょうせい》するのよ？」

マイクモードの錫杖《しゃくじょう》で拾われた声が、スピーカーで会場に広がっていく。

全観客に聞かれていると知って、美亜《みあ》はことさら誇らしげに語った。

「人様の鑑賞に堪《た》えうる作品は十個中一個か二個――私はそれを窯《かま》から出てきた瞬間に見極め、容赦なく叩き割ってきた。あんたの突きぐらい余裕で見極められるし、叩き落とすのだって同じ要領で余裕ってもんよ！」

言いきると同時に、今度は美亜が攻めに移った。

平手をマシンガンのようにくり出す。表も裏も、右も左も、ないまぜにして連射。型もなにもない。ときおり無造作に拳や手刀も混じる。

変幻自在の連撃を、白葉《しらは》は後退とサイドステップを交えて、どうにか手で捌いた。

「ふんっ、どしたどした！　得意のカウンターはどーした！」

白葉とて防戦一方に凝りかたまっているわけではない。隙を見て美亜の平手を絡めとり、関節を極めようとしている。

だが、そのたびに逆の手で素早く弾かれてしまうのだ。

「ただのデタラメではない――積みあげてきたものを感じます、甲坂《こうさか》先輩」

「道はローマに通ず――人生賭けてきた技術が闘戯《とうぎ》で使えるのは当然だっつーの」

理屈としては破綻している。メチャクチャと言ってもいい。

それでも甲坂美亜は、現にそれを成し遂げている。

「天才——」

リングサイドでタマちゃんが呟く。

「反射神経、運動神経、そして勘——すべて至上。体格と単純な筋力以外は、フクさん以上かもしれんねぇ……」

「すげぇなアイツ。なんで陶芸なんてやってんだ」

嵐太《あらた》も呑気《のんき》に感心する。けっして深刻にはならない。

天才はたしかに凄《すご》い。動きのセンスがまるで違う。

だが、それがどうした——嵐太はそう思う。

天才は天才であって、イコール勝者ではない。

「白葉、おまえも見せてやれよ！」

リングサイドからの発破に白葉は熱くなった。観客席から何百人、何千人の声援が届こうと、その一言にはまるで及ばない。

「応ォ！」

踏みこんだ。

腕が、軽い。淡雪《あわゆき》の縛《いまし》めもなく、義務感すらない。

ただ、彼の期待に応えたいと思う。

彼のようにまっすぐ敵に挑みたい。

――勝ちたい！

想いのままに貫手が走る。

「フンッ、そんなバカのひとつ覚え――！」

美亜《みあ》はふたたび平手でそれを撃ち落とそうとした。

その動きが突如として鈍る。

「いったッ……！」

刺すような痛みが美亜の脇腹を襲っていた。

さきほど砂舞いをくり出す直前、かわしたと思いこんでいた左貫手が、その場所をかすめていたのだ。甚平《じんべい》が裂け、脇腹にできた裂傷は、反射神経まかせの大ざっぱな連撃で徐々に開き
――渾身の迎撃行動によって、肉が割れた。

「いったぁあ……あああぁ！」

苦痛にうめきながらも、なんとか右貫手を払う。

すぐに白葉《しらは》は左を構える。さきほどとおなじ流れ。

違うのは、苦痛のあまり美亜の動きにキレがないこと。

もし彼女がなんらかの武格系クラブに所属していれば、痛みに耐えて動くすべを学ぶことも

できていただろうが――

みぞおちに拳を一発、つづけざま背負い投げを食らって、美亜は昏倒した。

「仕合終了ー！　勝者、〈麗刃《れいじん》〉岬《みさき》白葉ー！」

ジャッジ・アリスに気付けのツボを押され、美亜はすぐさま目を覚ました。

存外にしおらしく嘆息すると、ボディブローの苦痛に縮こまる。

「っくぅ……今回は負けにしといてやるわよ」

「ありがとうございました、甲坂《こうさか》先輩」

「ふん……次も今回みたいに、本気できなさいよ」

白葉は美亜に頭を下げ、自分の右手首をそっと見つめた。赤く腫れあがっている。二回もはたき落とされ、捻挫《ねんざ》をしてしまったらしい。その痛みがやけに生々しく感じられるが、不快ではなく、闘いの実感がそこに刻まれているような充足を感じた。

「はじめて……闘戯《とうぎ》で勝った気がする」

こぼれる吐息は深く静かにリングへ落ちた。

「いーい仕合だったな、白葉」

「ありがとう……嵐太《あらた》」

嵐太がリングにあがってきて、嬉々として手をあげた。

つられて白葉《しらは》がその手を叩く。

笑顔を交わしたのも束の間、少年の表情が一変した。

「おかげで俺も燃えてきた……！」

いまにも敵に噛みつかんばかりの、獣じみた形相だった。

＊

「それではお待たせしました——大将戦のお時間です！」

嵐太《あらた》は待ちかねたというように、コーナーポストを背で押して前に出た。

ウズウズしてたまらない。とくに手首がうずいている。

腹がすこし重たい。プレッシャーに震えている。

「なお、宇上《うがみ》選手ははじめての学生闘戯《とうぎ》です！ ぺーぺーの新人です！ 児童闘戯しか知らないチェリーくんの初体験です！ みなさん盛大な拍手を！」

揶揄《やゆ》半分で手が打ち鳴らされる。ちょっと腹立たしいが、気にしても仕方ない。

いまは目前の敵だけに集中しよう。

朱色の髪に狼の目つきをした、自分のためだけの対戦相手に。

「面構えなら負けてねぇぞ」

嵐太《あらた》が顔の包帯を取り去ると、小さなどよめきが沸く。

額を中心として、顔のあちこちに細かい生傷がいくつも刻まれている。

ジャージの上を脱ぎすててショートスパッツ一丁になれば、さらにどよめきが大きくなった。

正中線に刻まれた爆発跡は遠目にもよく見えるだろう。

「女顔は返上だ、今日からはスカーフェイスと呼べ」

「顔の造りは変わってねぇだろ。体のほうは——ちょいとばかり爆《は》ぜてるがな」

睨《ね》めつけるような視線で体を舐めまわされ、ぞくりと嵐太は震えた。

「上半身を見るかぎり、パンチの練習はさほどしてなさそうだな……下肢の安定から言って、投げか？　組み技か？　爆発力を、どこに隠し持ってる？」

やはりハゼは、この闘戯《とうぎ》に本気で取り組んでいる。顔などに惑わされず、体つきから相手を測ろうとしている。あくまで敵対者としての心意気だ。

（たまんねぇな、コイツは……！）

彼もまたショートスパッツ一丁で切れあがった筋肉を晒《さら》している。フクにくらべれば少々細身だが、よりパンチに特化した鋭い肉体と思われた。

なにより、リーチが長い。腕が人より拳半分ほどは長いのではないか。肩から腕にかけて炎を摸した入れ墨が刻まれており、それもまた腕を長く見せていた。

「ホイホーイ、ふたりとも見つめあって見つめあってぇ——」

ジャッジアリスがゆっくりと錫杖《しゃくじょう》を持ちあげていく。

意識が凝縮されていく――激突の瞬間に向けて、ただ目の前の敵を倒すためだけに最適化され、圧縮され、鋭く尖っていく。

この緊張感が、本物の闘戯なのだろう。

やがて両者の闘志と錫杖は同時に頂点に達し、一気に振り下ろされた。

「大将戦、開始！」


いきなりジャブの雨が降り注いだ。

美亜《みあ》の滅多矢鱈な両手連打とは違う、左手だけの高速連続突き。正確で、リズミカルで、無駄のない牽制だ。

「うわっ、わ、はえぇッ」

嵐太はとっさに両手を持ちあげた。

腕に拳が突き刺さってくる。グローブと違って骨の硬さがダイレクトに伝わってくるので、ただただ、痛い。

しかもときおり、ガードをくぐりぬけて、鼻先にまで拳が迫ってくる。

「くッ……！」

どうにか顔を逸《そ》らし、直撃を避ける。

ふっと大気の〈流れ〉に変化が生じた。

嵐太《あらた》から見て左側から、なにかが弧を描いてくる——おそらく、右ボディフック。

「ッにゃろう……！」

対応しようにも、上半身が岩のように硬い。

殴られた痛みに、関節も神経も硬化している。

だが、下半身は生きている。膝も、足首も、つまさきも——山で転げ落ちそうになったとき、支えてくれたものたちが、今か今かと待ちかまえている。

(動け！)

グンッと体が前方へ加速した。

ジャブの雨が止んだ瞬間に突っこむ形だ。

「ほう……！」

正面からハゼにぶつかり、何歩か後退させる。ボディフックは空を切るが、背をかすめたらしく、擦過熱《さっかねつ》でジリジリと焼けた。

ぬるぬるした汗が全身から噴き出る。

いったん距離が広がり、敵の手が止まっても、鼓動が乱れて止まらない。

(これが……闘戯《とうぎ》か)

腕の痛みが心をかきむしる。やめておけばよかったという弱気が湧く。

同じだけ、痛くても耐えてやろう、という負けん気も湧く。

「嵐太、構えろ！　君の構えを思い出せ！」

白葉《しらは》の言うとおりだ。自分の構えは腕を盾にするようなものではない。

深呼吸をして、肩と腕をリラックスさせる。

自然と今日のために作りあげてきた構えに移行していく。

「へぇ」

ハゼが獲物の変容に舌なめずりをする。

観客はその構えが理解できないというようにざわめく。

「なんだありゃ……」

「顔面ガラ空きで、どうするつもりだよ」

嵐太の腕は大きく開かれ、傷だらけの女顔がさらけ出されている。

左肩をすこし前に出す半身《はんみ》。両手を目の高さで前方へ押し出すが、顔の前に置くことなく、左右へ分ける。傍目《はため》にはそれこそ、無防備同然に見えるのかもしれない。

「この構えは――スマッシャー魔熊《まぐま》に似てるけど、体格が違うし……あ、太氣拳《たいきけん》に似たようなのあったかなー？　アリスちゃんもよくわかんないかも！」

ジャッジ・アリスのコメントは投げやりだ。

嵐太自身も、この構えがどこの武術体系に存在するのかよくわかってない。自分の閃きと夕マちゃんのアドバイスをもとに作りあげたものである。

「そうだ、それでいい」

白葉《しらは》だけは意図を理解してくれている。独りよがりではない。

嵐太《あらた》は前に進めた。たった指一つ分だが、自信をもって、ハゼに迫る。

「俺を誘うとはいい度胸だ――」

ハゼは怒りも呆れもせず、ただ、舌なめずりをした。

「その構えなら、顔面へのフックは入らない。顔を狙うならストレートだけか。ずいぶんと大ざっぱな導線だが――乗ってやるよ、宇上《うがみ》嵐太」

す、と半歩、詰め寄ってくる。

そこからはほぼノーモーションで、ジャブが降り注いだ。

嵐太の腕が反射的に盾になることはない。自信をもった構えのまま、ダース単位の拳を素通りさせる。

「――見える！」

半歩、嵐太は摺り足で退いた。それだけでジャブ数発が届かなくなる。

だがハゼは素早く距離を詰めつつ連打した。

また半歩、嵐太が退いてかわす。

「ならこういうのは、どうだ？」

左右へフットワークを使いながら、多方面から連撃。

嵐太は的確な足捌《あしさば》きでそれらも回避する。腕を使うまでもない。腕はあくまで、顔面へのフックを無効化するためのもの。

（ある程度、攻撃の角度を限定できれば――〈流れ〉を読んでかわせる！）

闘える。闘戯《とうぎ》に耐えうるだけの能力を、素養を、自分は有している。なにより、それらを使いこなせるよう積み重ねてきた。その自信が平静な判断力を支えていた。

そこで一歩、ハゼが鋭く切りこんできた。

「せアッ！」

左アッパー――眼前をすり抜ける〈流れ〉を感じる。ただのフェイント。

読み通り、眼前を拳が上昇していく。風圧でビリビリと顔を痺れた。

間髪入れずに飛んでくる右ボディフックを、大きく飛び退いてかわす。

「よっと」

ロープを背負ったが、これも予定通り。ななめに弾んで、ハゼとの距離を取る。

「やっぱりおまえ――〈流れ〉ってやつが見えるタイプだな」

ハゼの息はほとんど乱れていない。

「知ってるのか、そういうの」

「母方が鬼骨《きこつ》の生まれやすい家系でな」

ハゼの体から熱を感じる。体内の気が大きくうねり、攻撃的な〈流れ〉に変わっていく。本気、というやつだろう。

――ここからが、正念場だ。

嵐太《あらた》は覚悟を決めた。構えを取ったときから、意識は驚くほど澄み渡っている。きたるべき瞬間を引きよせるため、嵐太はニタァといやらしく笑った。

「何百発撃とうが、そんなトロいパンチじゃ一発も当たらんぜ?」

「なんだと?」

挑発の意味をこめて、とびきり嫌みったらしく言う。

「そろそろ俺が攻める番だ――魔熊《まぐま》を沈めた一発で、おまえも潰してやるよ」

嵐太が言いきる間もなく、ハゼが、爆《は》ぜた。

踏みこみが瞬きよりも速い。

肌色が視界いっぱいに広がった。直線的な流れを感じたときには、

スパァンッ!

鼻面が潰されていた。

(は……やッ!)

電光石火の一撃だ。小手調べのときとは比べものにならない。

本気のボクサーの直突きは嵐太の想像をはるかに超えていた。

ジャブ？　それともストレート？　それすら理解できない。
ヤバイ。頭蓋で銅鑼《どら》の音が鳴る。グラグラする——が、それでも意識は残っている。
（ならジャブだ……！）
確信があった。あるいは、信頼。
相手の強さを肌身で感じているからこそ、わかることだ。
（こいつのストレートを食らったら、俺の意識が残るはずがない！）
目の前がフラッシュしている。視覚が当てにならない。
だが、感じる。混乱している頭ではなく、肌に触れる〈流れ〉が教えてくれる。
——次弾、来る。
「おおぉおッ！」
下肢が自動的に動きだしていた。揺るぎない踏みこみで体重移動。
その流れに嵐太は渾身の一撃を乗せた。
狙うは正面——相手も狙っているなら、必ず当たる。

ごぎゃり、と骨の砕ける音がした。

砕けた骨の感覚を、嵐太《あらた》は額に感じていた。

くり出されたハゼの拳を、額で受けきったのだ。その部位は頭蓋骨でもとくに分厚い。

「命、中――――！」

狙撃したと言ってもいい。それもカウンターで、確信的に。

この瞬間のために、嵐太の戦術はすべて組みあげられた。

彼の必殺の一撃を誘い、頭突きで叩きつぶすために。

「ぐッ、あぁ……！　貴様ァ……！」

ハゼのパームド・クラッカーは、右ストレートが炸裂した瞬間に発動する。

ならば、爆発前に拳を潰せばいい。彼は決め手にかならず顔面を狙う。ブロック越しであろうが、まとめて爆殺するつもりで。つまり軌道はわかりきっている。

「タイミングさえわかってりゃ、パームド・クラッカーなんて……！」

それでもカウンター気味の衝撃を受けたのは嵐太もおなじだ。

（なんつー威力だよ……！）

ヒットポイントをずらして威力を殺したはずなのに、頭が割れそうに痛む。視界は目が潤んだかのように滲んでいて、前がまともに見えない。

「違う、嵐太！」

白葉《しらは》の声が聞こえ、くらみかけた意識が醒める。

「るおおぉらッ！」

ハゼが吠えた。
彼からパンチの気配を感じとる。
――右手。
渾身の右手が、来る。潰れた様子はなく、意気軒昂な〈流れ〉。
さきほどの攻撃はおそらく、ジャブの二連打。
砕けた左手は引き戻されている真っ最中。
（なら……両手とも潰して勝つ！）
まっすぐ伸びてくる右ストレートに、ふたたび頭突きを叩きこもうと踏みこむ。
その瞬間、ふたつの力の流れが激突した。
頭突きと右拳でなく――ハゼの左掌と右拳が。
すさまじい爆音が会場いっぱいに轟いた。
「なッ……！」
爆風が顔を打つが、直接的なダメージはない。
鬼骨《きこつ》を用いて爆音を打ち鳴らすばかりの、強烈な柏手だ。
「ねっ、猫だましってやつかにゃー！」
アリスの見立ては半分だけ的中していた。
残る半分は――爆発による撹乱。

ぐちゃぐちゃにかき乱された〈流れ〉は、煙幕となって嵐太《あらた》の読みを妨害する。

見通すことのできない混乱の渦中を、高速で突っ切る塊があった。

「ッせぁああッ！」

右拳。直線。ストレート。ゾク、ゾク、と寒気が走る。

迎撃の頭突き——間に合わない。爆音に三半規管をやられ、いつの間にか体が横に傾いている。ようやく定まってきた視界が、またも肌色でいっぱいになった。

「爆《は》ぜろォ！」

嵐太の顔面で爆発が起きた。

＊

リング上に血しぶきをまき散らしながら、爆圧で後方に吹っ飛ばされていく。

目の前が白い。顔から立ちのぼる白煙のためか、意識が消えかかっているのか。

すさまじい威力の一撃だ。イノシシの突進を上まわっている。

（終わっ……た……？）

ようやく登ることのできた闘いの舞台から、弾きだされてしまう。

せっかく修行したのに、こんなにもあっさり敗北してしまうなんて——

いや。むしろ頑張ったほうではないだろうか。初戦の相手が百戦錬磨《ひゃくせんれんま》の潰し屋で、左拳を壊せるなんて、大健闘ではないか。しかも、わざわざ両手を打ち鳴らす新必殺技まで使わせることができた。

——だから、もう眠ろう。

頭が白んでいくのは、気絶するべきだと脳が訴えているからだろう。きっと冷静になった途端、すさまじい痛みが顔を襲う。

よくやった。もういい。諦めていい。

免許さえあれば、闘戯《とうぎ》はいつでもできる。

(もう、いいか……)

一片の自我すらすり切れようというとき、後頭部がふわりと温もりで包みこまれた。どこまでも埋もれていくような、柔らかさの塊で受けとめられている。

「嵐太!」

懸命な呼びかけが頭の奥まで響く。

二週間、ずっとそばにいた少女の声だ。ずっと手で触れてみたいと思っていた温もりが、最後の支えとなって意識を繋ぎ止めてくれている。

「岬《みさき》選手、離れちゃってくださーい! ロープ越しでも反則になっちゃいますよー!」

「しかしこんな終わり方は……!」

ぽとり——と、また新たな温もりが頬に落ちてきた。

泣いてくれている。敗者への哀れみ——ではない。ぼんやりとだが、そう思えた。

きっと、無念なのだろう。

ともに歩んできた者が、志《こころざ》し半ばで倒れるのが、まるで我がことのように。

「ううぅうう……ぎうぅうぅう……！」

嵐太《あらた》は歯を食いしばり、唸《うな》りながら目を開けていく。腹の底から力を振り絞ると顔面に激痛が走り、自然と獣じみた声が漏れ出てしまう。

どくん、どくんと体内が大きく脈打つ。爆発せんばかりに激しく、会陰《えいん》から下腹へ、下腹からヘソへ、ヘソから心臓へ、脈動の箇所が上昇していく。

「があッ、ぁあぁあああぁあ！」

喉の脈動とともに悲鳴じみた怒号《どごう》があがる。

「だ、大丈夫か、嵐太！　嵐太ぁ！」

柔らかな乳房の奥で、彼女の鼓動が激しく弾む。

どくんッ！

ひときわ大きく、眉間が脈打った。

その瞬間、顔面が爆《は》ぜた。

白煙が吹き飛ばされ、再度の血しぶきがリングを汚す。

「あ、嵐太ぁ！」

少年の顔は赤に染まっていた。裂傷が眉間から額と両頬にまで伸びている。

「二年前の再現……でも、いまのあーたさんは――ひと味違う」

タマちゃんはリングの下から見あげていた。

眉間と同時に手首が脈打ち、余分な気を体外に循環させる様を。

そして頭頂部が脈打つや、爆発的な〈流れ〉は激しくも整った気脈に収束していく。四年間の修行で培われた肉体的な経験が、それを成し遂げていた。

「いける……！」

嵐太はロープ際から一歩進んだ。

焦点のあわない両目で、それでも前方を見据《みす》える。

「胸の感触……頭に残ってる」

彼女が赤くなるのを、目で見るように感じ取れる。

「手にも残ってる……」

困惑しながらも真っ直ぐ飛んでくる視線を、背中に感じる。

「この感覚があるうちは、まだ闘える……！」

優しくも柔らかい感覚が、二週間の厳しい修行を思い出させてくれる。

だから、闘えるのだ。

彼女もロープの向こうから、なにより心強い声援をかけてくれる。

「……そうだ、嵐太《あらた》！　闘って、勝て！」

嵐太はふらつきながらも、ハゼと対峙した。

顔面が熱くて痛い。体はひどく気だるいが、構えを取れば自然と姿勢が整う。たった二週間であろうと、構えが染みつくように全身全霊で鍛《きた》えあげてきた。

「やっぱり立ちやがったか」

ハゼは驚きもせずに構えを取った。

「俺のパームド・クラッカーが、なにかに押し戻された——おまえの気の流れってやつが、爆発的に膨張《ぼうちょう》して障壁になったんだろう」

「そんなことになってたのか、俺」

「常人じゃありえねぇ。相当な鬼骨《きこつ》を秘めてる証拠だ——」

冷静に判断してはいるが、ハゼとて万全な状態ではない。左手は拳が砕けて指がおかしなほうに向いている。さきほどの猫だましどころか、普通のジャブですら打てまい。

勝機だ。右手だけに注意をすればいい。

「……おまえ、なにか勘違いしていないか？」

軽く風を切って、拳が放たれた。

左——やけに遅い。切れ味が足りない。

だが、迫り来る肌色の塊に脳神経が粟立《あわだ》つ。

「いッ……！」

嵐太はビクリと身を震わせた。足が硬直する。

左手が当たる寸前で引き戻されても、硬直が解けることはない。

左の脇腹に、右拳が来る——そうわかっていても、避けられない。

痛烈な一撃が脇腹にめりこんだ。一撃で肺の空気がすべて押し出される。

「がッ、はぁ……！」

大口を開けてすべての空気を吐き出しても、なお吐き足りない。粘っこい唾液が流れ落ちる。

胃液までこみあげてきた。

ハゼが右手を戻して構え直しているのに、嵐太は動くことができない。空気と一緒に運動機能まで吐き出してしまったかのようだ。

「たとえダメージを軽減しても、心理的圧迫は残る。爆発ってのはそういうもんだ」

また、左。

脳が粟立ち、体が震える。

引き戻されて、右が再度ボディに飛んでくる。

（やばいッ、やばいやばいやばいッ、動けよォ……！）

必死で命令を下すと、足が不格好に持ちあがった。

右脚と左脚が絡まり、後方によろめく。

ぶぅん、と重苦しい風音が腹筋のすぐ近くをかすめた。

またも全身が石のように硬くなる。

「次で決める——爆殺だ」

ハゼは拳を戻し、しゅはぁー、と大きく呼気を鳴らした。

来る。必殺のパームド・クラッカーが。

あの爆発を思い出しただけで、ガクン、ガクン、と膝が笑ってしまう。

(やばい、今度食らったら、耐えられない……!)

ただでさえ長身のハゼが、巨人じみて大きく見えた。あの一撃を放てるという、ただそれだけのことが、壮絶な威圧感となって嵐太《あらた》を責めさいなむ。

押しつぶされそうなプライドと闘志の合間で、小さな違和感が生じていた。

そんなものはどうでもいい。捨て置け。理性はそう呼びかけている。

——とにかく、いまは逃げだしてしまうのが一番だ。

理性の求めることは、なにより我が身の安全だった。

だからこそ、嵐太は小さな違和感を拾った。そちらが敵に立ち向かう手段だと信じて。

(……パンチの空振り音が、鈍かった)

ぶぅん、という風音が違和感の原因だ。さきほどまでは、もっと鋭いパンチを放っていなかったか。鈍いパンチしか出せなくなるような理由が、彼の右手にあるのか。

記憶の奥で、彼の言葉が再生される。

「パームド・クラッカーを打ったとき、なにかに押し戻された――おまえの気の流れってやつが、爆発的に膨張《ぼうちょう》して障壁になったんだろう」

もし――あの直撃の瞬間。

膨張した嵐太の気が、彼の右手にダメージを与えていたのだとしたら。

「ふしゅぅうぅ」

威圧的な彼の呼吸が、右手の痛みを抑えるための呼吸法なのだとしたら。

わざわざ恐怖心を煽《あお》ったのも、そのことを気取られないためだとしたら。

あるいは、動きを止めて、カウンターの頭突きを打てなくするためだとしたら。

すべては仮定だが――足の震えは、どうにか収まった。

「……ふん」

ハゼは嵐太の表情が変わるのを、目を細めて見やった。

「もう小細工抜きだ――最高の一撃で、爆殺してやる」

「自爆させてやるよ、爆竹野郎」

刹那《せつな》の睨《にら》みあいを経て、電光石火の一撃が放たれた。

やはり一直線、顔面へ向けての右。目では捉《とら》えきれなくとも、寸前に気の流れを感じること
ができた。感じる前には、動きだしていた。

——こいつは絶対に、全身全霊をかけて、もっとも信頼する一撃を放つ。

闘いを通じて感じとった敵の気質を信じて、嵐太《あらた》もまた踏みだしていた。

自分が培ってきたすべてをこめて、頭部を弾き出す。

だが、あまりにもスピードが違う。実戦を通じて研ぎ澄まされたハゼの一撃は、頭突きが軌
道に乗る寸前に完成形を描いた。

「爆《は》ぜろォオ！」

ストレートが最大の威力を発揮するポイントで、ハゼの鬼骨《きこつ》が発動する。

轟音とともに爆裂が起きた。

観客が総立ちで声をあげる。

白煙が立ちのぼり、鮮血がリングに斑点を付ける。

だが、そこには、吹っ飛ばされる少年の姿はない。

「へ、へへ……！」

嵐太は重ねた両手を女顔にめりこませながらも、ハゼの拳を受けとめていた。

踏みこみはまだ終わっていない。ハゼに手を引く暇も与えない。

頭突きのモーションそのままに全体重を乗せる先は、血まみれの額と重ねた両掌。決意をこめた手の平に、ぶわりと激烈な〈気の流れ〉が生じた。

「おまえが爆ぜろォ！」

嵐のごとく渦巻く気が、渾身の体重移動によって撃ち出された。

ばおう、と見えない圧力が炸裂する。

甲高い破裂音とともにハゼの長身が弾き飛ばされた。

「がぁあああッ……！」

ハゼは背中からロープにぶつかり、反動で顔面からリングに叩きつけられた。とっさに体を支えることはできない。彼の両手は粉砕し、使い物にならなくなっている。

嵐太は震えながら、手を戻して構えを取った。

ダウンを告げるジャッジの声が遠くに聞こえる。

「四年間、飼い慣らしてきた気の流れを……一週間で身につけた、体重移動で、叩きつけた——まさしくいままでの、集大成。お見事だったね、あーたさん……」

タマちゃんの優しいかすれ声が、耳に届く。

忍耐の四年間は、けっして無駄ではなかったのだ。

だが——だからこそ、嵐太はなお気を緩めなかった。

潰し屋ハゼの戦歴は可能なかぎり調べている。昨年は年間四七戦。およそ十日に一戦はしている計算だ。プロ闘戯者《とうぎ》とくらべても遜色《そんしょく》ない。

(こいつだって積み重ねてきたものがある……最後まで油断できるか)

意識を研ぎすませようにも、さきほどの爆発で頭がグラグラしている。

時の流れも忘れて緊張感に包まれていると、体まで不安定に揺れだした。

いや、揺れているというか、揺さぶられている。白葉《しらは》が肩をつかんで、なにかを呼びかけてきている。ふたりにチラチラと舞い降りるのは、祝福の紙吹雪。

「白葉……?」

「聞いているのか、嵐太《あらた》。君は勝ったんだ。私たち体操術研究会の勝利だ」

嵐太は呆然とした。言葉の意味が理解できない。

突っ伏したハゼの両手にアリスが応急処置を施しているのを見て、はっと気づく。

「勝った? 俺、勝ったのか……?」

じわじわと腹の底から熱がこみあげてくる。

酩酊じみた勝利の実感に、手足がプルプルと震えだした。

くしゃり、と嵐太は女顔を歪《ゆが》めた。

「うぐっ、ふぐっ、ううぅえぇ……」

しゃくりあげ、涙まで流す少年に、まわりがギョッとする。

嵐太は迸《ほとばし》る感情を止められなかった。

「俺、俺、はじめての闘戯で、すげぇ、俺、勝てた……」

鼻水を垂らし、泣き笑いで語る少年を、笑えるものはひとりもいない。闘戯の厳しさと楽しさを知る者なら、だれでもおなじ衝動に駆られたことがあるはずだ。

「こいつ、すごかった……すっげぇ怖かったよ、コイツすげぇよ……頭突き決まったと思ったら左手で、右手飛んできて……爆発して、死ぬかと思った……ボディ打たれて吐きそうになって、もう逃げたくなったけど、俺、俺……」

マイクに拾われた声が、静かな会場に広がっていく。

「でも俺、こいつに、勝てた……こんなクソ強いやつに、はじめての闘戯で……！　うぅ、勝てたぁ……！　勝てたよぉ、こんちくしょう……！」

子どものように純粋な歓喜は、やがて言葉にすらならなくなった。

ただただ泣きじゃくる声に、だれかがパチ、パチ、と手を叩く。

拍手は連鎖し、やがては大音響となって、少年の初勝利を祝福した。

ハゼが目を覚ましたのは、拍手がまばらになってきたころのことだ。

「……闘戯に勝って泣くやつなんて、久しぶりに見た」

彼は魔熊《まぐま》の手を借りて立ちあがると、ジャッジ・アリスの錫杖《しやくじょう》に口を近づけてマイクに声を吹きこんだ。

「次は爆殺してやらぁ、覚悟してやがれ」

「ふぐ、うおぅ、いつでもこい！　返り討ちにしてやる！」

嵐太《あらた》は鼻声で言い返し、睨《にら》みあう。

へ、とハゼは小さく笑い、リングから退場した。彼の手は動く気配がまるでない。それでも満足げに宙を見あげ――

その目が、見開かれた。

「姉さん、なにやってんだ……？」

視線を追えば、校舎の屋上から大きな筒らしきものがリングに向けられている。その口からすさまじい悪意の流れを感じて、嵐太は吐き気すら覚えた。

大筒の脇の人影が、人差し指をピンと立てる。そこにロウソク程度の火が浮かんだ。

ハゼは振り向きざまリング上の全員に警鐘を鳴らした。

「姉さんは炎の鬼骨《きこつ》使いだ！　あの花火、爆発的にやべぇ！」

「うええッ？　ひーちゃんなにやってんの！」

屋上を見あげた美亜《みあ》が、素っ頓狂な声をあげる。

ひーちゃん――嵐太が体操術研究会に勧誘した、陶芸愛好会の女子生徒である。

彼女は憎悪を吹き出すように哄笑《こうしょう》し、指先の炎を大筒に放り投げる。

「乙女の乳揉むようなやつは死んじゃってくださぁーい！」

「そ、それ根に持ってんのか！」

大筒が爆音を立てた。

花火玉はリングへと飛来する途中、大きく綻んで炎の塊に変容した。鬼骨の力と怨念が絡みあい、色とりどりのきらめきを翼の形に編みあげる。

「はばたけ火の鳥！　私とみんなの憎しみをこめてぇ！」

炎のクチバシは観客の頭上を通り過ぎ、嵐太めがけて突っこんでくる。

嵐太の視界が紅蓮に染まろうというとき、すっと白葉《しらは》が進み出た。

「特例事項につき、武拘束《ぶこうそく》サキガミ解錠――」

冷然と火の鳥を見据《みす》え、腰に据えた妖刀の拘束を解く。

抜き撃ちの刃は残光のみを人々の目に残し、すぐさま鞘に戻された。

武拘束がロックされると同時に、火の鳥がクチバシから真っ二つに裂ける。その裂け目が白く輝いたかと思えば、炎は余すところなく白い粒子となって、会場全体に拡散した。

「ふええっ、嘘ぉ……！」

屋上では悲鳴が、観客席では感嘆の声があがる。

「君の勝利を穢《けが》させはしない」

雪のごとく降り注ぐ粒子のなか、白葉は相好を崩して嵐太を見つめてきた。

なんて可愛らしい笑顔だろう。

はたしてそれが粒子のきらめきなのか、彼女自身が光り輝いているのか、わからなくなるぐらいにチャーミングだ。

「おめでとう、嵐太《あらた》……君とともに修行した日々は、私の誇りだ」

嵐太は言葉もなくして彼女に見とれた。

おまえのおかげで、勝てた——そんな気持ちを口に出すことすら憚られる。

きっと彼女は察してくれる。

二週間の触れあいで、自分たちの想いは通じあったのだから。

結　ふたりのエンゲージ？

五月に入ると、体操術研究会の部室はにわかに騒がしくなった。

「美観が！　崩れるっつってんのよ瀬田《せた》！」

「そうかい？　キノコを置いたら甲坂《こうさか》の変なアメーバ皿も少しは絵になるよ？」

「アメーバじゃなくて〈砂塵のリフレイン〉よ！」

甲坂美亜《みあ》が部室のあちこちに陶器を置き、そこにフクがキノコを置く。そしてはじまる激戦。この数日で何度となくくり返されている光景だ。

「にぎやかになったねぇ……うちの会も、すっかり」

タマちゃんは微笑ましげに番茶をすする。

結局、体操術研究会は陶芸愛好会を吸収する形で存続した。

最初は美亜も泣く泣くといった様子であったが、部室での作品展示が許可されると、あっさり態度を翻した。陶芸愛好会の面々を堂々と勧誘するほどであったが——

「いや、俺もちょっと武格系に入ろうかなって」

「宇上《うがみ》くんの闘いぶり見てたら、なんか俺も本格的にやってみたくなって。あ、でも体操術研究会はイヤっすよ。キノコ臭いし」

「じゃあ陶芸愛好会は解散しますね。会長、いままでお疲れさま」

体操術研究会を乗っ取ろうという企みは、あっさり崩壊した。一時的に加入していた潰し屋コンビも当然離脱。陶芸愛好会は会員数ゼロ。完全に消滅したのである。

現在、プレハブ小屋の壁にかけられている会員の名札は五つ。

会長、瀬田福之介《せたふくのすけ》。

副会長、宇上嵐太《うがみあらた》。

岬白葉《みさきしらは》。

甲坂美亜《こうさかみあ》。

長谷川緋雨《はせがわひさめ》。

「ひーちゃん、一回も顔見せないわね」

美亜は不思議そうに窓の外を見やる。

窓のすぐ横では、嵐太が例のごとく体操をしていた。両手には包帯を巻いているが、ハゼ戦の負傷もそろそろ癒えようとしている。

「なんでハゼの姉貴まで入るんだよ……というかお咎めなしかよ」

「レポートってお題目で反省文を山ほど書かされてるわよ。あと借金もね……募金箱の余ったお金、あの花火に使っちゃったみたいで」

「ハゼの家も大変だな……」

潰し屋コンビが陶芸愛好会に協力したのも、長谷川緋雨が血縁のコネを使ったという面があるらしい。さらには例の黒い募金箱も、もともと彼女の提唱だとのこと。

いわば彼女こそが、一連の騒動の黒幕だったわけである。

「ていうかさ、あの子いちおう三年生だし、後輩らしくかしこまりなさいよ」

「おまえだって二年生じゃねぇか。あの子はねぇだろ、あの子は」

呆れ気味に顔を歪《ゆが》めると、傷跡がすこし引きつれた。

ハゼとの闘戯《とうぎ》で眉間に開いた傷は、女顔にそれなりの威厳を与えてくれる。

体質的にも、その傷跡は安定の証と言える。

「二年前の暴走で――あーたさんのチャクラは、次々に爆発した。けど、それは、秘められた力の解放をも意味していた……体が耐えられんかっただけで、ね」

と、タマちゃんは語っていた。

眉間のチャクラはパームド・クラッカーにより揺さぶられ、二年越しに解放の時を迎えた。

皮膚こそ爆《は》ぜたものの、体操術で鍛《きた》えられた〈流れ〉は的確に力を運び、あるべき形に気脈を整えた。もちろん両手首からの漏出も重要なファクターだ。

「そろそろ、また闘戯がやりたいな」

むずがゆい気分だ。痛くて恐ろしい目にもあったが、あの昂揚感《こうようかん》は何物にも代えがたい。

はやる気持ちを抑えきれず、健康体操を普段の三倍量こなしてしまう。

滴《したた》る汗をぬぐおうとすると、横からスイとタオルが差しだされた。

「袖を汚すことはない。これを使え」

白くてふかふかのタオルに、ほんのり洗剤の香ばしさが漂う。あまりに清潔感がありすぎて、汗を染みこませるのが少しもったいない。

「サンキューな、白葉《しらは》。洗って返すよ」

「気にしなくていい、君と私の仲だ」

ほのかに目を細めて、自然と頬がゆるむに任せた微笑——以前の岬《みさき》白葉からは考えられない柔和《にゅうわ》な表情だ。

「時に、嵐太《あらた》——ひとつ試したいことがあるのだが」

「おうおう、面白いことならなんでも受けて立つぞ」

「では……外に行こう」

ドアを開けると、柔和な表情はなりをひそめ、やけに神妙な表情が浮かぶ。

平素から似たような表情なので、嵐太は深く考えず彼女に従った。

部室裏で向きあうふたりを、会員の面々が窓から見守る。

白葉はやや腰を落とし、淡雪《あわゆき》の柄に手を添えていた。

嵐太は片膝をつき、目隠しをした顔のまえで、両掌を五センチほど離して構える。

「これから私は淡雪を抜刀、大上段から振り下ろす」

「それって死ぬんじゃないの……？」

美亜《みあ》が窓から怪訝《けげん》そうに訊ねる。

「心配無用、手と手の間を通り抜けるだけだ。鼻先にも触れない。嵐太はそれを挟んで受けとめてくれればいい」

「面白そうだから構わないけど、特例以外で武拘束《ぶこうそく》を解くのはまずくないか？」

「これも特例のうちだ」

「そか」

生真面目な彼女が良しと言うなら、ルール的に問題はないのだろう。なぜ突然こんなことを始めたのかはわからないが、余興としては悪くない。

「真剣白刃取り……一回やってみたかったんだ」

ついつい顔がニヤついてしまう。凶器を素手で制する技術は、つまるところ武道の極意と言ってもいい。男なら血が騒いで当然だ。

窓のほうから気むずかしげな唸《うな》り声が聞こえた。椅子に立って身を乗りだしたタマちゃんが、なにやら考えこんでいる。

「岬家の居合い……なんだったかねぇ、こういう習わしがあったような――」

「それよりタマちゃん先生、アラッチの体質的に、こういうの大丈夫？」

「いまのあーたさんなら――直接切られたりしなければ……」

顧問《こもん》のお墨付きももらえた。

嵐太《あらた》と白葉《しらは》から言葉がなくなり、空気が加速度的に張りつめていく。

合図はない。抜かれた瞬間、この遊戯ははじまる。

――チャキ。

金属音が鯉口《こいくち》の切られたことを告げる。

目隠しをした嵐太には、それがことさら大きく聞こえた。

しかし、彼女から伝わる気の流れは、静かな湖面のように乱れひとつない。

「すげぇな……」

素手の格闘がもてはやされる時代において、剣術は「物に頼る技術」として見下されることも多い。それでも嵐太は、切実な畏敬《いけい》を感じてしまう。

剣を手にした白葉は、最高に引き締まっている。

その引き締まりが、ひどく流麗な仕種で解放された。

(……あ)

あまりにも自然な動作で、気の流れに乱れすら感じ取れない。両手のわずか上で、空気が逆袈裟に断たれてようやく、嵐太は彼女が抜刀したことに気づいた。

もし当てる気なら、いまの一撃ですでに死んでいた。

しかし本番は寸毫《すんごう》の後。逆袈裟斬りから大上段に構え直しての、振り下ろし。

「シィッ」

目隠しがなくとも、それは目にも止まらぬ早さだっただろう。

だが、淡雪《あわゆき》に秘められた妖しい冷気が、刃より先走って嵐太を打つ。

――いまだ！

自分の感覚を信じて、少年は激しく合掌《がっしょう》した。

ヂッと手の平に擦過熱《さっかねつ》が走る。包帯越しに妖気が染みこんできてゾクリとした。

ひんやりした刀身の感覚は、手のなかにない。

刀を鞘に収める音がした。

「あー、やっぱりアラッチでも難しいかぁ」

「でも惜しかったじゃん、かすってたし」

「あれぐらいはできんと――四年も仕込んできた甲斐が、ないからねぇ……」

観客の評価はまちまちだった。

嵐太は目隠しを取り、癖っ気をかきまわした。

「あークソ、いけると思ったんだけどなぁ」

「君なら、じきに乗りこえられるさ。可能性は見えたから、な」

白葉がほほ笑みで差し伸べてきた手を、嵐太はしっかり握りしめた。指はもうすっかり意のまま動くようになっている。彼女の手の温もりも、たしかに感じられた。

「可能性って？」

「ああ、それは……」

その瞬間を狙いすましたかのように、横からフラッシュが焚かれた。

「すいませーん、体操術研究会さーん！　取材いいっすかー！」

先に写真を撮っておいて、この図々《ずうずう》しさ。いつものこととはいえ、新聞部の横柄さに体操術研究会の面々は閉口した。

「あのね、新聞部さん。また妙なデマを流すなら出禁にしちゃうよ？」

温厚なフクが額に青筋を立てるのも無理はない。先日の猿神新聞で「金目当てのマジックマッシュルーム栽培」などと書かれ、堪忍袋の緒が切れたのだ。

「僕はね、キノコ愛を否定されたら修羅になるよ。なんなら闘戯《とうぎ》で白黒つける？」

「お、いい顔。一枚いただき！」

遠慮無くカメラが閃く。現像されれば、またろくでもない記事に使われるだろう。

もちろん被害者はフクばかりではない。

美亜《みあ》は霊感壷商法で金をだまし取るエセ宗教家、タマちゃんは教頭の隠し子、嵐太《あらた》と白葉《しらは》は山ごもりでＵＦＯにアブダクトされた、などなど。

「で、今回はなんだよ」

嵐太はとびきり冷たい目で新聞部を見据《みす》えた。

「そう、宇上《うがみ》さん。あなたと岬《みさき》さんにお伺いしたい！」

ずい、とボイスレコーダーが押し出されてきた。デマだらけの文字媒体に音声データなど無意味とは思うが、突っこむのもバカらしい。

「実はですね、おふたりが交際しているとの噂はお耳に入っているでしょうが――」

「前置きからそれかよ」

「うむ……」

「このたび、おふたりが婚約をなされたと小耳に挟んだもので」

「またそういう話かよ……」

「さすが新聞部は耳が早い」

うんうん、と嵐太は白葉の言葉にうなずいて、

「うん？」

白葉の横顔を見た。

仏頂面寸前の生真面目さは、冗談を言っている表情ではない。

「正式に婚約したわけではないが……気持ちとしては、そういうことになる」

「え、あの、マジですか？」

新聞部も愕然として問いただす。

「今しがた岬流《みさき》の試婚の儀を執り行った。結果は失敗であり、時期尚早と言わざるをえないが――それでも、可能性を見せてくれた。嵐太《あらた》ならいずれ、わが刃をとらえることもできるだろう。そのときこそ、淡雪《あわゆき》の鞘たる私を娶《めと》る資格を手に入れるのだ」

「ちょっと待て白葉《しらは》。さっきの白刃取りって、つまり……」

「説明が遅れてすまない。私を娶る資格があるかを試す儀式だ」

彼女がなにを言っているのか、理解できない。

意味はわかるが、なぜそんなことになったのか、サッパリ脳がついていかない。

「最初は……誤解とすれ違いだった」

まわりの困惑をよそに、白葉は遠い目で懐かしみだした。

「私はただ、手を使えなくしてしまった責任を取るため、嵐太の世話をすることにしたのだが、どうやら彼にとっては違ったらしい。どうも最初から、その、なんだ。私を見初めていたようで……」

「あの、白葉？　なにを言ってんの？」

「彼は、人前でハッキリとこう言ったんだ……もうお嫁さんまで一直線だと」

言ったかもしれない。たしかに言ったような気もする。

しかしそれは、あくまで売り言葉に買い言葉。冗談の域を出ない戯言だが――

（こいつなら、ありえる）

彼女が冗談を真に受けるぐらいに一本気であることは、重々承知している。

まわりの一同もすぐに事情を察したらしく、居たたまれない顔でそっぽを向いた。

「……なあ、白葉《しらは》」

「なんだ、嵐太《あらた》」

あらためて問うべきことがある。

嵐太は彼女に負けないぐらい神妙な顔で、正面から切りこんだ。

「おまえはどういう気持ちで、俺に付きあってくれたんだ?」

それに対して、白葉ももちろん正面から視線を返してくる。

「最初は戸惑った。あまりにも性急すぎるし、私には男女の機微というものもわからない。だから君のそばで、ずっと君のことを見つめつづけ、私なりに君がどういう人物なのか見極め、自分の気持ちを探りつづけた——」

ふふ、桜色の唇から愛らしい笑い声がこぼれる。

「すこしひねくれ者で、時には無謀だが、とても一所懸命な君のことを……いまならハッキリと、好きだと言える」

桜の花のほころんだようなほほ笑みを見れば、嵐太もほほ笑まずにはいられない。

渡りに船とはこういうことか。

認識の違いはあったが、冷静に考えてみて、不都合なことなどなにもない。

「だいたいそういうことだから、新聞部さん、もう満足したなら帰った帰った」

「でも、もうちょっと特ダネを」

「野暮《やぼ》ばっか言うな、俺だって正直もう、恥ずかしくて死にそうなんだ」

嵐太は顔を赤くして、新聞部を突き飛ばした。

すばやく白葉の手を引いて部室に入る。後ろ手に鍵を締めようとするが、それより先に会員たちがぞろぞろと部室を退出していく。

「春だけど夏かなぁ？　この部屋、暑いよね……」

「……あーたさん、お夕飯はお赤飯ね」

「バカらしい……高校生が結婚とか、なに盛ってんのよ」

ドアが閉ざされると、急に息苦しくなる。人が減って広くなったはずなのに、ふたりきりだと意識した途端に呼吸が乱れてしまう。

きょとんとして首を傾げている白葉が、なんともいとおしい。

緊張して汗だくになるが、このチャンスをふいにするのは勿体ない。

「白葉、おまえに言わなきゃいけないことがある」

「ああ、君と私の仲だ。なんでも言ってくれ」

これから口にすることは、彼女にとってみればすでに告白されたことだろう。だが実際には、そこに嵐太の気持ちはこもっていなかった。

だから、今度こそ冗談でなく、本当の気持ちを叩きつけよう。

ハゼの拳にカウンターを当てたときのように、全身全霊の一直線で。

「俺は……あの、えっと」

「うむ」

ツバで喉を濡らすが、舌が痺れたように動かない。

なんと重たい言葉だろう。絞り出すと声が裏返ってしまう。

「俺は、俺は……！」

「うむ」

目を糸にして言葉を待ってくれている彼女が、なんともまぶしい。

そのまぶしさに目がくらみそうになって、嵐太《あらた》はたまらず頭を下げた。深々と九十度の角度で、床を見据《みす》えて声を張りあげる。

「おまえがいてくれたらから闘戯《とうぎ》に勝てました！　ありがとうございます！」

ドアの外で、数人まとめてずっこけるような音がした。

「ああ、どういたしまして」

白葉《しらは》は当然のことのように受けとめて、すこし嬉しげに付け加えた。

「かっこよかったぞ……あのときの嵐太」

迷いのない讃辞に、嵐太は痛切な敗北感すら感じた。彼女の率直な性格に立ち向かうには、まだまだ修練が必要なようだ。

焦らず、すこしずつ積み重ねるようにして、いつか本当の気持ちを伝えたい。

少年の新たな挑戦は、まだはじまったばかりである。

＊

余談となるが、嵐太の告白は新聞部にしっかり盗み聞きされていた。

その情けないセリフは跡形もなく改変された挙げ句、宇上《うがみ》嵐太の関白宣言として猿神新聞の一面を飾ることになる。

――黙って俺のヨメになれ！

了

あとがき

私は生まれついての運動音痴です。

生まれてこの方、運動神経がよかったことがありません。

鍛えて克服するような気力もなく、のんべんだらりとインドア系を貫いていたら、気がつくと立派なデブになっていました。ぷにぷにです。

そんな私だからこそ「肉体的な強さ」への憧れは強く、格闘家や武道家を魔法使いと同じぐらいファンタジックな生き物として捉えているところがあります。

いや、アイツら絶対に気のビームとか出せるって。

あれだけ筋肉つけてたらミサイルぐらい受けとめられるって。

アッパーで竜巻起こしたりするって。

カメラの前だと恥ずかしがって隠してるだけで。

マジ肉体言語かっこいい……！

などと常々思っていましたが、

「次は格闘ありの学園モノをやりましょうよ」

と編集T澤氏に持ちかけられ、すったもんだあって完成しました。

今回のお話、いかがだったでしょうか。

格闘モノにも色々ありますが、ガチガチのリアル系でなく、格ゲー的な不思議バトルの存在する世界観です。気とか、なんか爆発したりとか、そういうノリです。

いや、リアルの方々が気とか爆発とか使いこなせないと言っているわけではなく、ね？

一流の格闘家や武道家になればビームぐらい撃てるかもしれないけど、ね？

それはそれとして、作中人物は主に高校生なので、技術的にはまだまだ未熟。よって、ビームは出ません。気の塊を飛ばしたり、ごっつい虎を飛ばしたり、相撲取りが飛行したり、テレポートしたり、逆立ちになって回転&上昇したり、全画面を埋めつくす外道攻撃をブッ放すような、格ゲー開発者の頭はどうなってんだ的ハイレベル不思議技は、まだ身につけていません。

対戦相手を女の子にする必殺技とかもありません。

その一歩手前ぐらいの技術水準で殴りあっちゃうわけです。

もっとも、青春というのは発展途上のことですから、今後どうなるかは、もちろんわかりません。卒業直前には、ビーム打ったり空飛んだりできるようになってるかもしれない。

青春だからね。

振り返れば私の青春は、どこまでも屋内でした。

ビームは出せるようになりませんでしたが、大人になって本は出せるようになりました。

むしろ、この本がビームなのかもしれません。

みなさんの胸に届いてほしい、おっさんの憧れビームです。

もしこの本を読んで格闘技をしてみたいと思ったなら、是非とも鍛えてみてください。

そしていつの日か、私にビームを返してください。

きっとそれが、私に新たなビーム（本）を撃つ気力を与えてくれるでしょう。

男はいくつになっても、ビームに憧れる夢冒険者なのですから。


本作を執筆するにあたり、多くの方にご協力していただきました。

泉水《いずみ》いこ様、素敵な黒髪ヒロインをありがとうございます。

編集T澤氏、例のＢＤは楽しませていただきました。

また、デザインから印刷、流通、販売にいたるまで、この本に関わってくださったすべての方々、そして読者の皆様に、深く、深く、感謝の意を。


『インシディアス』を見ながら——六月吉日　葉原鉄《はばらてつ》

剣《けん》と拳《けん》の闘婚儀《エンゲージ》

黙《だま》って俺《おれ》のヨメになれ！

葉原《はばら》 鉄《てつ》

発行 二〇一三年八月一日 初版発行

発行人 杉野 庸介

発行所 株式会社 一迅社
〒一六〇－〇〇二二
東京都新宿区新宿二－五－十 成信ビル八階
電話 〇三－五三一二－七四三二（編集部）
〇三－五三一二－六一五〇（販売部）

装丁 木緒なち（KOMEWORKS）

印刷・製本 大日本印刷株式会社

一迅社文庫

 ISBN 978-4-7580-4455-4 C0193

作品に対するご意見、ご感想をお寄せください。

〒160-0022 東京都新宿区新宿2-5-10 成信ビル8階 株式会社 一迅社 ノベル編集部
葉原《はばら》 鉄《てつ》先生 係／泉《いずみ》水いこ先生 係

銀閃の戦乙女《ヴァルキュリア》と封門の姫
①～③巻
好評発売中
著：瀬尾つかさ
イラスト：美弥月いつか
マナ溢れる異世界クァント＝タンで
繰り広げられるカイトの魔法と冒険！
異世界バトルファンタジー！

千《サウザンド》の魔剣《イージス》と
盾の乙女
①～⑩巻
好評発売中
著：川口士
イラスト：アシオ
師匠より先に魔王を倒す！
大きな夢を持って旅立ったロックを待ち受ける出会いと別れ、
立ちはだかる強大な魔物たちと世界の謎。
正統派ファンタジーの気鋭、川口士が贈る魔剣ファンタジーの
決定版！